U0902546

Paris for One

AND OTHER STORIES

一个人的巴黎

[英] 乔乔·莫伊斯 著

程婧波 译

浙江文艺出版社
Zhejiang Literature & Art Publishing House

Contents

Paris for One

一个人的巴黎

Chapter 01

奈尔把包放在车站的塑料座椅上，第八十九次望向墙上的钟。安检门一滑开，她就朝外面张望：进来了欢腾的一家子，睡眠不足的父母推着婴儿车，还带着几个吵吵闹闹的孩子，他们一路走到候车室。

这半小时里，奈尔担忧不已，心怦怦直跳。

“他会来的，会出现的，还来得及。”她嘴里嘀咕个没完，呼吸起伏不定。

“开往巴黎的9051次列车，即将在十分钟内从二号站台出发。请带好随身物品，前往站台候车。”

她咬咬嘴唇，又给他发了条短信，这是第十五条了。

你到哪儿了？火车要开了！

出发时她发了两条短信，问他是不是要在火车站碰头，他没有答复。奈尔告诉自己这是因为在地下，信号不好，说不定他那边也一样。她又发了第三条短信，接着是第四条……

她站起来时，手机终于振动起来，她松了口气。

抱歉，宝贝。工作走不开，去不了啦。

她盯着这条短信，难以置信。他的语气那么轻巧，就像他们只是计划去什么地方喝酒聊天一样。

没法赶上这一班火车吗？那我等你？

片刻之后，她收到回复：

不，你走你的，我尽力赶下一班。

奈尔诧异到忘了生气，呆立在原地。身边人流如潮，人们摩肩接踵。她用力挤出一条回复：

可我们在哪里碰头呢？

他没有回答。

“工作走不开”？他在冲浪潜水用品店工作，现在十一月，能有多“走不开”？她环顾四周，希望这不过是个玩笑，即使现在，她仍期盼他出现在门口，大笑着说这只是玩笑，他老爱捉弄她。他会出现在这里，握住她的胳膊，凉凉的嘴唇吻上她的脸颊，然后说：你不会以为我真的不来了吧？这可是你第一次去巴黎！

然而，玻璃门纹丝不动。

“女士？请往站台走。”欧洲之星的检票员接过她的车票。

有一瞬间，她犹豫了——他会来吗？下一刻，她就置身于人海了，身后还拖着个小行李箱。她停下来，发了条短信：

那我们在酒店碰头吧。

她乘坐自动扶梯下行时，巨大的火车轰鸣着驶入站台。

“你说什么，去不了了？这可是咱们的传统。”

奈尔原本该和姐妹们展开一年一度的布莱顿之行。她们每年十一月的第一个周末都会去那里，六年来，年年如此。奈尔、玛格达、翠西还有苏伊，她们四人一起挤在苏伊的老爷车里，或者玛格达的商务车里，踏上旅程。

她们会在布莱顿过两晚，逃离日常琐事，喝酒、约会、宿醉，在一个叫“布莱西小屋”的破烂旅馆里，为醉酒的朋友做早餐。旅馆的外墙已经斑驳褪色，内部散发着一股经年的酒味和廉价剃须水的味道。

她们的年度旅行从未有人缺席。在两个孩子降生时，离婚时，感染带状疱疹时也从没中断过。

“事实上，皮特想带我去巴黎玩。”

“皮特要带你去巴黎？”玛格达瞪大眼睛看着她，仿佛奈尔刚刚宣布的是自己在学俄语，“你家那个皮特？”

“我没去过巴黎，他觉得不可思议。”

姐妹们叽叽喳喳地讨论起来：

“上学的时候，我跟着全班去过一次，在卢浮宫迷路了，运动鞋还被人扔进青旅的厕所里。”翠西说。

“我吻过一个法国人，因为他看起来像跟哈莉·贝瑞约会的那个明星。但后来我发现，他其实是德国人。”

“皮特本人吗？你家那个皮特？我不想太刻薄，不过真觉得他有点儿……”

“无能。”苏伊接嘴道。

“讨人厌。”

“窝囊废。”

“显然我们都错了，他是那种会带奈尔去巴黎来个浪漫周末之旅的人。太棒啦！我只是希望，你们的巴黎之行没和我们的布莱顿之行撞日子。”

“这个，票已经买了……改期不太现实。”奈尔挥了挥手，小声嘟囔。

她很怕有人问起是谁买的票。那是圣诞节前，最后一个能买到打折火车票的周末……

她像对待办公文书一样，认真地为巴黎之行做了准备：在网上查找最棒的景点，在“猫途鹰”上浏览性价比最高的酒店，还在谷歌上复核一遍，把结果做进表格里。

最终，她在里沃利大街后面的一个酒店预订了两个晚上“干净、友善、非常浪漫”的行政双人间。她想象自己和皮特窝在酒店的床上，望着窗外的埃菲尔铁塔；或者在一家街角咖啡馆，和他牵着手，吃着羊角面包，喝着咖啡。她只能想到这些画面罢了，因为实在不知道在巴黎过周末，除了这些，还能干什么。

二十六岁的奈尔·西蒙斯，从没在周末和男友外出过，除非和安德鲁·迪士摩攀岩那次也算的话。那一次，他们挤在一辆小型两厢车里过的夜，奈尔被冻醒后，整整六个小时都转不了脖子。

母亲莉莉安逢人便说，奈尔“不是那种外向冒险的类型”，她“不怎么爱旅行”，而且“长相平平”。现在，莉莉安背地里还偶尔说她是“大龄女青年”。

在小地方长大就是这么回事，人人都觉得了解你：奈尔是个明事理的人，她安静内向，做事情总是耐心地再三规划。若是请她帮忙照料盆栽或者孩子，你可以非常放心，她也绝对不会当第三者。

奈尔一边打印火车票，一边想：不，妈妈，真正的我是会去巴黎过周末的。她盯着火车票，然后把它们塞进装着各种重要资料的文件夹。

随着出发日子的临近，奈尔喜欢主动提及这次旅行。星期天午饭过后，离开母亲家时她说道：“得确保我的护照有效期没问题才行。”她买了新内衣，刮了腿毛，还给指甲涂上鲜艳的红色，通常她都涂透明甲油。

“对了，我周五要早点下班。”她在办公室里说，“我要去巴黎。”

“天哪，你真是太开心了！”女同事们纷纷投来艳羡的目光。

“我很好说话的。”翠西说，她是姐妹团里最不讨厌皮特的一个。

奈尔上了火车，存好行李。她身旁的座位空着，必须独自前往巴黎了，对男朋友到底会不会现身，她没有丝毫把握。

她想，翠西要是知道她眼下的处境，还能“好说话”吗？

Chapter 02

巴黎北站人潮涌动。奈尔走出月台，置身于拥挤的人群中，顿时愣住了。周围的乘客挤挤挨挨，行李箱不时撞上她的小腿，身着运动衫的青年三三两两靠边站着，朝她投来异样的目光。奈尔突然想起——巴黎北站可是法兰西的扒手大本营。她将手提包夹在身旁，试着朝一个方向走，兜兜转转，很快迷失在令人眼花缭乱的玻璃亭和自动扶梯之中。

扬声器里传来提示音，用法语播着什么，奈尔一点也听不懂。所有的人都行色匆匆，脚步轻盈，对目的地是那样笃定。外面天色已暗，不安如同气泡，从奈尔胸中升腾起来："我在一个陌生的城市里，连语言也不通。"

还好，她瞄到一个标牌：出租车。

等待出租车的队伍排了五十来号人，但也顾不了这么多了。她在包里搜寻酒店预订单，当排到队伍前端时，才终于找了出来。

"优城酒店，"她用法语说，"呃……劳驾。"

司机扭头看着她，显然并没有听懂。

"优城酒店。"她努力让发音显得更地道，出发前还在家里对着镜子练过。

她又说了一次："优城。"

司机仍然一头雾水，他一把抓过她手中的预订单，盯着看了会儿。

“哦，是优城酒店！”他翻了个白眼，把预订单还给奈尔，驾车驶入湍急的车流。

奈尔靠在车座上，长长地舒出一口气。

好吧……我来了，巴黎。

出租车在拥挤车流里缓慢前进，漫长而宝贵的二十分钟就这样流逝了。她望着窗外繁华的街道、发廊和美甲店……轻声念着路牌上的法文。典雅的灰色建筑耸立在苍穹下，一间间咖啡店在冬夜里发出迷人的光芒。这就是巴黎啊。没来由地，她感到一阵突如其来的喜悦，突然相信一切都会好的。皮特很快就会来，她在酒店里等他。到了明天，他俩会为她先前的焦虑而感到好笑。皮特总说，她太杞人忧天了。

“别担心，宝贝。”皮特一定会这样说。他从不为任何事烦心，还曾背着背包走遍世界，至今仍将护照随身携带，因为“旅行要说走就走啊”。就连在老挝被人用枪指着的时候，他也没担心过。“没什么可担心的，他们要么一枪崩了我，要么放下枪，听天由命吧。”接着，他点头补充道，“最后，我跟那伙人还一起喝酒呢。”

他说还有一次，在肯尼亚渡河，船行到河中央却翻了。“我们把船侧的轮胎解下来，浮在轮胎上等待救援。像往常一样，我可一点也不担心，直到他们告诉我河里有鳄鱼。”

有时奈尔会想，皮特为什么选择她呢？他肤色健康，阅历丰富（虽然奈尔的闺蜜们对此嗤之以鼻），而她却是那种中规中矩的女孩。说实话，她连自己的生活圈都很少离开。皮特曾说，她从不让自己感到难办，所以才喜欢她。“以前的那些女朋友总是叽里呱啦地吵我。”他拿手比画着，“你吗……和你在一起很放松。”

奈尔时常想，这是否意味着她不过就像家居卖场里的一张沙发。不过，这种事还是不要深究的好。

巴黎。

她摇下车窗，繁华街头的声响，混杂着香水、咖啡和香烟味道的气息，以及吹动发丝的微风通通进到车内。

这正是她想象中的巴黎：这里的建筑有狭长的窗户和小小的阳台，完全没有冷冰冰的办公大楼；几乎每个街道转角的地方，都有一家咖啡馆，露天座上摆放着圆桌和椅子；出租车驶入市中心后，满眼都是精致时髦的女人；人行道上，人们时不时停下来，相互亲吻问候。

我在巴黎，我做到了！

她突然觉得很庆幸，在皮特到达前可以有好几个小时梳洗打扮。这一回，她可不要再当中规中矩的女孩了。

我要做个巴黎女孩。她对自己说，然后陷坐在座椅中。

酒店远离大街，坐落在一条窄巷里。按照计价器上的价钱，她清点出几张欧元，递给司机。司机非但不接，反而像被冒犯了似的，手舞足蹈地朝她后备厢里的行李挥手，还龇牙咧嘴的。

“对不起，我听不懂。”她说。

“行李箱！”司机用法语喊道，说了一串她根本听不懂的话。

“攻略上说，这趟最多三十欧，我查过的。”

又是一通大喊大叫和指指点点。她怔了怔，又点点头，仿佛明白了司机的话，然后不情愿地又拿出十欧。司机拿过钱，摇了摇头，把她的行李箱丢在了人行道上。她站在那儿，望着绝尘而去的出租车，意识到刚刚可能被敲了竹杠。

好在酒店看起来不错。而且她做到了！来了巴黎！奈尔决定不让任何事来影响心情。她走进酒店，来到狭小的门厅，这里充满蜂蜡的味道，还有一种莫名的法式风情。墙面都是镶木的，扶手椅古老而优雅，每一个门把手都是黄铜制成。她想象皮特会怎么评价这间酒店——“不赖，”他一定会点着头说，“不赖呀，宝贝。”

“嗨！”奈尔有些紧张，不知道接下来的话用法语该怎么说，“您会讲英语吗？我预订了一间房。”

这时，她身后又来了一位客人——也气喘吁吁地从包里拿出预订单。

“哦，我也订了一间房。”她把预订单拍在桌上，靠在奈尔的预订单旁边。奈尔挪到一旁，免得被挤到。

“唉，这一路真是艰辛！噩梦一样！”

她是个美国人。

“巴黎的交通太可怕了。”

酒店前台的工作人员约莫四十岁，留着黑色的波波头。她眉头紧蹙，抬头看了一眼两位女客人。

“你们都有预订吗？”

她倾身向前，检视两人的预订单，然后把它们推回到原来的位置：“但酒店只剩一间空房了。我们订满了。”

“不可能，你们确认了我的预订。”美国女人把预订单又推到工作人员面前，“我上周就订了。”

“我也是，”奈尔说，“我两周前就订了，你可以看我的预订单。”

两人盯着彼此，突然意识到，她们现在是竞争关系。

“很抱歉，我不清楚你们是怎么预订成功的，但眼下我们只剩一间空房了。”前台的法国女人字斟句酌，好像这完全不是酒店的责任。

“事已至此，你得给我们另外安排一间房，”美国女人说，“你们得对预订结果负责，白纸黑字写着呢。”

法国女人挑了挑修理得一丝不苟的眉毛：“女士，我没法向您提供我没有的东西，现在只剩一个双床的标间了。我可以给二位中的一位办理退款，但实在没有两间房。”

“但我不能离开这里，我跟人约好在这里碰头的，”奈尔说，“换了地方他就找不到我了。”

“我不走，”美国女人双手抱胸，不肯让步，“我飞了六千公里才到这儿，晚上还得去赴宴，我可没时间换别家。”

“那就建议二位合住，我可以给你们每人打个五折。”

“跟陌生人合住？开什么玩笑！”美国女人说。

“那只能请您换一家酒店了。”法国女人面无表情说，转头就去接电话了，不再搭理她们。

奈尔和美国女人盯着彼此，美国女人说：“我才从芝加哥飞过来。”

奈尔说：“我从没来过巴黎，根本不知道去哪里找另一家酒店。”

她们互不相让。最后，奈尔说：“这样吧，我男朋友会来这里找我。现在我们先安顿下来，等他来了，说不定有办法换酒店。他对巴黎比我熟。”

美国女人上上下下地打量奈尔，仿佛在考量她是否值得信任。

“我可不会跟你们两个合住。”

奈尔凝视着她：“相信我，这也绝不是我要的周末度假之旅。”

“眼下也只能这样了。”美国女人说，“真不敢相信有这种事。”

她们把计划告知了酒店前台，美国女人依旧怒气未平。奈尔已经做出让步，不明白对方还有什么好气的。

“等这位女士走了，你们还得给我半价优惠。”美国女人说，“真是难以置信！在我们国家，就你们这服务质量，不会这么轻易就算了。”

奈尔身处冷冰冰的法国女人和气冲冲的美国女人之间，从未像现在这样坐立难安。她试着去想皮特会怎么做：他会笑一笑，安之若素吧。这种乐观的态度，也是他吸引奈尔的特质之一。没事，奈尔对自己说，事后他们就可以拿这事儿开玩笑了。

她们拿了钥匙，乘坐一台小电梯抵达三楼，奈尔走在后面。房门打开了，是个阁楼标间。

“啊！”美国女人嚷道，“没浴缸！我讨厌没浴缸的房间！这里也太小了！”

奈尔放下了包，坐在床尾，给皮特发短信。她告诉他刚刚发生的“插曲”，问他能不能另找一间酒店。

我在这里等你。你能赶上晚餐吗？我饿死了。

已经晚上8点了。

他没有回复。奈尔猜想他可能在路上，正通过英法海底隧道。如果是这样，至少还得一个半小时后才能抵达。她安静地坐着，美国女人则忙忙碌碌地在床上打开行李箱，拿出衣服，占领每一个衣架。

“你是来出差的？”沉默让气氛太尴尬了，奈尔开口问道。

“来开两个会。一个是今晚的，接着可以歇一天。这一个月以来，我一天都没休息过！”美国女人抱怨着，好像这都是奈尔的错，“明天我还得穿城去另一个地方。没错，我这就得出门。我想你不会碰我的东西的，对吧？”

奈尔无奈地看了她一眼：“我不会碰你的东西。”

“我也不想这么无礼，只是我还从没和陌生人合住过。你男朋友到了之后，麻烦你把钥匙放回前台去。”

奈尔强忍住不悦：“好的。”她拿出笔记本，假装闷声阅读。美国女人离开房间之前，还向后瞥了一眼。她刚走，奈尔的手机就响了，她立刻拿了起来。

对不起，宝贝，去不了了。你玩开心点。

Chapter 03

法比安坐在屋顶的窗台上，把羊毛帽向下压了压，点燃一支烟。在桑德里娜随时会回来的日子里，这里成了他抽烟的“据点”。她不喜欢烟味，如果法比安在屋里抽烟，她准会皱着鼻子抱怨说，公寓里的味道让人恶心。

窗台狭窄，但足以容下一个高个子男人、一杯咖啡，还有三百三十二页手稿。夏日，他偶尔会在窗台上打盹儿，朝一对双胞胎学生挥手致意。这对双胞胎住在广场对面，他们常坐在自家屋顶上听音乐、抽烟，免得被父母逮到。

在偌大的巴黎，这样的空间比比皆是。即使你没有大花园，没有小阳台，也能为自己觅得一片室外小天地。

法比安拿起铅笔，在手稿上涂涂改改。这半年来，他一直在订正小说手稿，修改的痕迹布满每一页稿纸。每一次重读，都会发现更多需要修改的地方。

角色扁平，对白虚伪。他的朋友菲利普建议他把小说打印出来，拿给那些感兴趣的作家经纪看看。可是，他每读一次，就会发现更多问题，完全拿不出手。

现在还不是时候。

桑德里娜曾说，他之所以不想拿出手，是因为稿子没交出去，他内心至少还有希望。这还不算她说过的最刻薄的话。

法比安看了看表，离换班时间只剩一小时了。突然，他听见屋里传来手机铃声。该死！竟然忘带手机了。他把咖啡杯压在手稿上，以免被风吹走，然后从窗口爬回屋子。

之后发生的一切让他应接不暇。他的右脚踏上平时踩的桌子，没想到打滑了，他赶紧朝后跨出左脚，以免摔倒。然而，他的左脚——用桑德里娜的话来说，他的“大笨脚”——踢飞了窗台上的杯子和手稿。他转身时，恰好听见杯子落在鹅卵石路面上的碎裂声，而那三百三十二张精心修改过的白色稿纸，则哗啦啦地飞进巴黎的夜幕之中。

他看着稿纸随风起舞，如同一只只白鸽，点缀了巴黎的街道。

Chapter 04

奈尔在床上足足躺了一个钟头，一筹莫展。皮特不会来巴黎了，他真的不来。她精心准备了新内衣，涂上红指甲，一路来到法国首都，却被皮特放了鸽子。

最初的十分钟，她死死盯着短信上的那句话——“你玩开心点”。她还等着更多的信息，但却没有然后了。

她躺在床上，抓着手机，盯着墙发呆。内心深处，她一直都知道这一刻迟早会来的。她又瞥了一眼手机，滑开屏幕，然后关上，只是为了确保自己不是在做梦。

其实她很清楚，或许昨天晚上他不接电话时，她就清楚了；又或许上周他总拿“行，随便”“我不知道”来敷衍她对巴黎的种种设想时，她就清楚了。

这不仅仅说明皮特是个不靠谱的男友（事实上，不汇报行踪就玩失踪的事他没少干），更重要的是，如果奈尔对自己足够诚实的话就会发现，皮特并未邀请过她来巴黎。当时，他们只是聊起各自去过的地方，她向皮特坦白从没去过巴黎。皮特只是随口一答：“真的吗？巴黎很不错的，你会喜欢那儿。”

两天之后，她给实习生做完了“风险评估”的月度演讲：“风险评估在理解和处置风险的过程中扮演着举足轻重的角色，其目的是防范于未然，然后抓住机遇！好了，你们现在可以在车间里四处参观参观，不过要小心那台仪器！”

接着，她看到停在过道里的三明治车——它起码早到了十分钟。奈尔盯着种类繁多的选项，心里很纠结，最终选了三文鱼奶油干酪口味。尽管那天是星期二，她从没在星期二买过三文鱼奶油干酪口味的三明治。

“管他的呢！这周不是发了奖金吗？那就好好犒劳自己吧！”她眉开眼笑地跟推三明治车的凯拉说，接着走去办公室的用餐区，进门前还在饮水机上接了杯水。这时，她不小心听到两位同事的对话，他们与她仅有一墙之隔。

“我打算拿这笔钱去巴塞罗那，自打结婚就答应太太了，要带她去一趟。”听声音像是后勤部的吉姆。

“莎莉打算买个奢侈的包，那姑娘两天就能花光所有奖金。”

“莱斯丽计划入手一台车。话说奈尔呢？”

“奈尔才不会去巴塞罗那。”

他们齐声笑了起来。

正把水杯举到嘴边的奈尔却僵住了。

“奈尔会把这笔钱好好存起来，没准还会先做个表格。那姑娘就是选三明治都要纠结老半天。”

“我该不该选黑麦火腿的呢？但今天是星期二，黑麦火腿通常是我星期五的选择；或者我就选奶油干酪的吧，但我一般在星期一才选奶油干酪。管他的呢！那就好好犒劳自己吧！”为这拙劣的模仿，他们又哈哈大笑起来。奈尔低头看了一眼手中的三明治。

“唉，那姑娘这辈子都没做过任何疯狂的事。”

三明治奈尔只吃完一半，尽管三文鱼奶油干酪是她喜欢的口味，此时此刻却味同嚼蜡。

那晚，奈尔去了趟母亲家。在罹患静脉曲张多年之后，莉莉安终于同意搬家，现在的房子对于独居的她来说实在太大。然而，要请动她离开生活了二十五年的居所，就如同请蜗牛出壳一样艰难。奈尔每周会去母亲家造访两次，家中的架子上堆满盒子，里面装着各种纪念品、衣服和纸张。她试图说服母亲丢掉一些，告诉母亲，1983年在马略卡岛度假时买的稻草驴子毫无用处。大多数时候，这种劝说得花上一个小时，然而晚上她从浴室出来时，却发现母亲又偷偷把驴子藏去了别的房间。这将是个漫长的过程，今晚要整理的是明信片和旧童装。莉莉安沉湎于往事中，她对每个物件都爱不释手，深深地觉得“也许哪天它们还能派上用场”。

“噢，你小时候穿这条裙子可爱极了，就算你的膝盖不太好看。对了，你知道美甲店的唐娜·杰克逊吧？她女儿谢尔丽在网上交友，结果认识了一个男人，去他家的时候发现书架上全是有关连环杀手的书。”

“那他是吗？”奈尔问着，趁母亲不注意，把几件虫蛀过的婴儿羊毛衫塞进了包里。

“他是什么？”

“连环杀手。”

“我怎么知道？”

“妈，谢尔丽后来安全回家了吗？”

莉莉安叠好裙子，放到一边，归入她的“保留”区域中。

“哦，那是当然了。她跟唐娜说那男的想要她戴面具，装上毛绒尾巴什么的，所以她吹了他。”

“她甩了他，妈。是甩了，不是吹了。”

“没什么区别吧？总之，我很高兴你是个理智的人，从不干这种莽撞的事。对了，我有没有告诉你，霍甘太太想请你帮她喂两天猫？”

“好的。”

“因为我不住在这里了。她不在的那几天，就想找个靠得住的人。”

奈尔盯着手里的短裤看了半天，最后一横心，猛地把它塞进垃圾袋。

第二天早上，在穿过广场去上班的路上，奈尔在一家旅行社门前停下了脚步。旅行社的橱窗里贴着特惠广告，还写着仅限今日：三晚“光明之城”，买一送一。奈尔鬼使神差地走进去，买了两张票。第二天晚上，当她和皮特一起走回他的住处时，她把两张票拿到他面前，虽然有些不好意思，却也暗暗感到高兴。

“你干了什么？”皮特当时醉醺醺的，她现在想起来了。

他慢慢地眨了眨眼，难以置信地问：“你给我买了张去巴黎的票？”

“给我们。”她说，他则拽着她裙子上的纽扣。

“在巴黎度个小长假。我想那会……很有趣。我们应该，你懂的，疯狂一回！”

那姑娘这辈子都没做过任何疯狂的事。她又想起了这句话。

“我已经选好酒店了，就在里沃利大街后面。虽然只有三星，好评率却高达百分之九十四。而且那个区域犯罪率很低，唯一需要担心的就是那些抢包贼，所以我打算……”

“你给我买了张去巴黎的票！”皮特摇头晃脑的，有一撮头发还耷拉在一只眼睛上，他接着说道，“行啊，宝贝。为什么不去呢？挺好的。”

她记不清他还说了些什么，因为当时他们双双倒在了床上。

现在，她只能回英国，告诉玛格达、翠西和苏伊，她们是对的，她们对皮特的看法一针见血。她像个傻瓜一样浪费了大把金钱，还缺席了布莱顿之行，最后落个孤家寡人的下场。

奈尔紧闭双眼，直到确定自己不会哭出来。然后她坐起身，看着行李箱。她不知道哪里能打到出租车，也不知道还能不能改签火车票，如果她到了火车站却被告知不能上车怎么办？要不然请前台的女人帮忙，打电话问问欧洲之星？不过，她有些惧怕那女人冷若冰霜的眼神。

她有些不知所措。巴黎一下子变得巨大、陌生而疏离，离家那么远。

手机又响了。她一把抓起来，心跳不止。他要来了！一切都会好的！

然而，发件人是玛格达。

玩得开心吗，傻妞？

看着这条短信，她突然非常想家，真希望自己也在那儿，在玛格达的旅馆房间里：浴室的水槽上放着装满廉价香槟的塑料杯，她们为了上妆争抢镜子前的位置。英国比这里晚一小时，姐妹们应该还在梳妆打扮，行李箱里的新行头堆了满地，音乐开到最大声，让人忍不住想投诉。

想到这儿，一种从未有过的孤独感涌上心头。

好极了，谢啦。你们好好玩儿！

奈尔慢慢打出了这行字，按下发送键。她等着发送成功的声音，那意味着这条信息已经飞跃英吉利海峡，到了对岸。然后她关上手机，这样就不用再说任何谎话了。

奈尔查阅了欧洲之星的时刻表，从包里掏出笔记本，做了张目录，写下她的选项。现在是8点45分，就算她现在出发去火车站，也不太可能赶上回英国的列车了，今晚只能留在这里了。

浴室的镜子明晃晃地映照出她的模样，形容枯槁，疲惫不堪，睫毛膏都被眼泪哭花了。千里迢迢奔赴巴黎，却被不靠谱的男友放了鸽子的倒霉姑娘，就该是她这样的吧。奈尔将手放在水槽边缘，颤抖着做了个深呼吸，想要理清思绪。

她打算先去找点吃的，再回来睡一觉，这样会好很多。明天她就搭早班列车回家。这不是她期待的，但好歹是个计划，有计划总能让奈尔安下心来。

她走出房间，锁上房门，一路下楼。她想尽量表现得自信从容些——就像习惯独自去陌生的城市一样。

“呃，你们有客房服务的菜单吗？我在房间里没看到。”她问前台。

“客房服务？小姐，您现在是在世界美食之都，我们这儿不提供餐饮服务。”

“好吧，那能告诉我哪里用餐比较好吗？”

法国女人看着她：“您想找家餐厅？”

“或者咖啡馆，都行，只要是能走着去的地方。哦，对了……那个……如果另一位女士回来了，麻烦你转告她，我今晚就住这里，可以吗？”

法国女人微微扬起眉毛。奈尔猜想，她心里一定在说：“灰头土脸的英国姑娘，你男朋友不来了吧？意料之中。”

“附近有家咖啡馆，”法国女人递给奈尔一张小小的地图，“出门右转，过了两条街往左就到了。那家咖啡馆很棒，特别适合……”她停顿一下，“一人用餐。”

“谢谢。”

“我会给米歇尔打电话，确保他给您留座，姓名是？”

“奈尔。”

“奈尔。”女人重复着，好像这发音是种折磨。

奈尔涨红了脸，赶紧抓起地图，一把塞进包里，飞也似的离开了酒店。

那家咖啡店生意兴隆，室外的小圆桌旁挤满了情侣和聚会的人群，他们裹着厚厚的大衣比肩而坐，一面看着车水马龙的街道，一面抽烟、喝酒、聊天。奈尔迟疑了，她从招牌上确认了店名，但很快又觉得，自己不太可能忍受独自坐在这里。或许她应该找家超市，买个三明治得了。没错，那可能是更安全的选择。一个满脸胡茬的大汉站在门口，他的目光落在奈尔身上。

“是那位英国女士，对吗？”他的声音低沉有力，穿过露台的桌椅传了过来。奈尔心中一惊。

“你是奈尔吧？一人位的那个？”

好几位客人扭头过来看她，奈尔难堪至极，希望自己立刻消失。

“呃，对。”她好不容易挤出了一句回答。

那人示意她往里走，为她找了个角落靠窗的位子，她赶紧落座。室内的玻璃窗上蒙着雾气，身边的小情侣们隔着酒杯深情对望着，还有一桌桌穿着考究的女人，她们大约五十岁的样子，正用她听不懂的语言大声交谈着。奈尔觉得很不自在，好像身上贴着“孤家寡人”的标签——需要被人怜悯。

她望着黑板上的菜单，点餐前心里一遍遍地默念那些陌生的字眼。

“晚上好！”一个留平头、穿白围裙的服务生说着法语，把一壶水放在她桌上，“您吃点……”

“我想要牛排配薯条，谢谢。”她连忙说。牛排配薯条并不便宜，但这是她唯一有把握用法语说清楚的东西。

服务生轻轻点了点头，接着朝身后看了一眼，好像有点分心。

“牛排？那喝点什么呢，小姐？”他用标准的英语问道，“来点酒吗？”

奈尔原本想点可乐，不过轻声应道：“是的。”

“好的。”

很快，他就拿着一小篮面包和一壶酒回来了。他为她布置餐桌时显得那么自然，好像周五的晚上，一个女人独自在这里用餐是件稀松平常的事，然后他就走开了。

奈尔从未见过独自进餐馆用餐的女人，除了去科比市出差那次——有个女人独自坐在女盥洗室附近看书，她没有点主食，但吃掉了两份甜点。在奈尔的生活圈里，年轻的姑娘出门用餐总是结伴而行，狂欢至午夜；年龄稍长的女人可能会独自参加游戏之夜，或者出席家庭聚会，但没有哪个女人会独自去餐馆用餐。

当她嚼着脆皮法式面包环顾四周时，却发现自己并不是唯一一个独自用餐的人：玻璃窗另一侧也坐着个女人，桌上放着一壶红酒，她吸着烟，望向巴黎街头熙熙攘攘的人群；还有个男人坐在角落里看报纸，他正大口大口吃着东西；还有个门牙有点漏风的长发女人，正跟服务生聊着天，她的衣领绕着脖子高高地竖着。但并没有任何人在意他们。奈尔解开围巾，渐渐放松下来。

酒很不错。她喝了一小口，觉得一天的焦躁慢慢消散了，于是又吞了一口。这时，牛排上来了，色泽恰到好处，还滋滋冒着热气。可她切开一看，却发现不到三分熟。她犹豫着要不要退回去，可又不想显得大惊小怪，更主要的是，这可能意味着她得用法语去交涉。

况且，牛排味道不错，薯条金黄酥脆，热气腾腾，蔬菜沙拉也好吃极了。她全都吃光了，这样的好食欲把她自己都吓到了。刚刚那个服务生又回来了，看到她振作起来，他不禁笑了，好像这才注意到她一样。

“味道不错吧？”

“很美味，”她说，“谢谢你。”

他点点头，又为她斟满酒杯。没来由地，她感到一阵简单的快乐。可是当她伸手去接酒杯时，却不小心打翻了半杯酒，洒了侍者一身，连他的鞋子也未能幸免。她的目光越过桌面，落在那斑斑点点的深红色酒渍上。

“真对不起！”她伸出手，捂住了嘴。

他拿布擦着身上的酒渍，无可奈何地叹了口气：“没关系，真的。”

“对不起。我……”

"真的没关系，今天我都是这样过来的。"

他朝她露出一个牵强的微笑，仿佛是一种宽慰，然后再次消失了。

她觉得脸红得发烫，于是从包里拿出笔记本，装作有事可做的样子。她快速扫了一眼之前做的巴黎攻略，目光停在一个空白页上，直到确信没人在看自己。

活在当下。

她在空白页上写下了这行字，又添上了两条下划线，这是从一本杂志上看到的。

她看了一眼挂钟——9点45分。只要再忍受39600秒，她就可以坐上回家的列车，然后装作这趟旅行从未发生过。

奈尔回到酒店时，站在前台接待处的果然还是同一个女人。她把钥匙递给奈尔："另一位女士还没回来。"她的发音很古怪，"如果她在我换班之前回来了，我会告诉她，您还在房里。"

奈尔轻声道了声谢，走上楼去。

她打开淋浴开关，站在莲蓬头下，想冲掉一天的失落。

终于，到了10点30分。她爬上床，读起床头柜上的法文杂志。虽然大部分单词都看不懂，但她也没有别的东西可读了——她没有带书，原以为不会有时间读书的。

终于，11点了。她关掉灯，躺在一片漆黑之中。法国人回家途中抑扬顿挫的谈笑声，摩托车的呼啸声，从狭窄的街道传了上来。她仿佛被一场盛宴关在了门外。眼泪已在眼眶里打转，她不知道要不要给姐妹们打电话，跟她们坦白一切，可她还没做好接受安慰的准备。她不许自己去想皮特，不去想他甩了她这个事实，也努力不去想母亲听说这场“浪漫之旅”后，会是怎样的表情。

突然，门被打开了，灯光大亮。

“我简直不敢相信！”美国女人站在门口，浑身酒气，一条硕大的披肩缠在她肩头，“我以为你已经走了。”

“我原本是这样打算的，”奈尔用被子蒙住脑袋，“请你把灯光调暗点行吗？”

“没人告诉我你还在这儿。”

“我确实还在这儿。”

只听“砰”的一声，美国女人把包摔在茶几上，衣柜里的衣架也被她弄得嘎嘎作响。

“和不认识的人一起过夜，我觉得不太舒服。”

“相信我，如果可以选择，我也不想要你这个室友。”

奈尔躲在被子里，美国女人则在浴室进进出出，怨声载道，浴室墙的隔音效果实在不给力：能听见她使劲地刷着牙，咕隆着喉咙，还“哗”地吐出了漱口水。奈尔努力想象自己身在别处，比如布莱顿吧，房间里是一个好姐妹，她喝得烂醉如泥，正踉踉跄跄地向床边走来。

“我还是得告诉你，我非常生气。”美国女人说。

“行，那你另外找个地方睡吧。”奈尔也毫不示弱，“因为我也有权睡在这个房间里，要是论预订日期的话，我比你更有资格。”

“你没必要说话这么冲吧。”美国女人说。

“我今天已经够糟的了，还真没必要再受折磨。”

“亲爱的，你男朋友没来可怪不得我。”

“那酒店房间超售也不是我的错吧。”

有好长一会儿，她们谁都没有说话。奈尔觉得，也许是自己太过刻薄了，这样也傻透了，女人何苦为难女人呢？“我们在一条船上，”她想，“试着找点友善的话来说吧。”

这时，美国女人的声音打破了黑暗中的沉默：“反正，值钱的东西我都锁在保险柜里了，还有，我学过自卫术。”

“我的名字还叫乔治·蓬皮杜[1]呢！”奈尔回嘴道。她睁开眼，盯着黑暗中的天花板，数着秒针嘀嗒嘀嗒走动的声音，等待漫漫长夜的流逝。

“必须提一句，”黑暗中传来一个声音，“那真是个怪名字。”

尽管奈尔备受打击，早已筋疲力尽，困意却好似一个害羞的情人——始终没有袭来。她努力放松，什么也不想，但午夜将至时，仍有一个声音在她脑海里坚定地说：没门，你休想睡着。

她的脑子像一台洗衣机那样转个不停，吐出一些脏衣服似的消极念头。是她对皮特太过卑躬屈膝了吗？是她不够酷吗？她不该把法国的艺术馆一一手写出来，还分析孰优孰劣（分析游玩时间及排队时间长短）吗？

对所有男人来说，她都是个乏味的女人，不值得被爱吗？

夜幕沉沉。她躺在黑暗中，试着塞住耳朵，好让自己不去听

1. 法国总理和总统。总统任期为1969年至1974年，于任内去世。

另一张床上陌生人的鼾声；她试着伸懒腰，打哈欠，换姿势；她试着深呼吸，慢慢放松身体；她试着想象那些消极的念头都被锁在一个盒子里，而她已经把钥匙扔掉了。

凌晨3点，她终于放弃，接受了睡不着的事实。她爬起来，蹑手蹑脚地走到窗边，将窗帘拉开一条缝。

在街灯的笼罩下，屋顶泛着微光。蒙蒙细雨无声地洒在人行道上，一对情人头靠着头慢慢走在回家路上，相互低诉着什么。

这是多么浪漫的事啊，她想。

美国女人的鼾声渐渐变大，每次呼吸都会伴随一阵窒息般低沉的声响，接着会有一阵短暂而美妙的平静，然后鼾声再度响起。

奈尔从行李箱里摸出耳塞（以防万一，她买了两副），回到了床上。

“八小时后，我就能到家了。”她想。这个念头令人倍感欣慰，很快她便沉沉睡去了。

Chapter 05

法比安坐在咖啡馆的后厨门口，看着正在洗一堆铁制大托盘的埃米尔，副主厨内勒则在一旁安静地工作。法比安喝了一口咖啡，有些垂头丧气。

挂钟显示，此时是0点45分。

“你可以再写一个，写个更好的。”埃米尔说。

“我倾尽心血写了那本书，现在全毁了，全没了。”

“得了，你不说自己是作家吗，脑子里不该只有一本书吧？如果只有一本，恐怕也吃不了这碗饭。再说，你下次应该在电脑上修改吧？这样就只要打印一份就好了。”

那被风吹走的三百多页手稿，法比安捡回了一百八十三页。有的被踩上了脚印，因为泥点和雨水变得模糊不清，另一些则彻底消失在巴黎的夜色中了。他在附近的街道上走来走去，盯着一些飞在空中的可疑纸片，或是浸湿在排水沟里的纸页——虽然根本没人在意。一想到他的手稿流落在外，一想到自己内心深处的想法就这样毫无保留地暴露在某处，法比安就觉得自己像是赤身裸体站在大街上一样。

“我真是个傻瓜，埃米尔。桑德里娜明明说过很多次，别把手稿拿去屋顶……”

“噢，不。别再桑德里娜桑德里娜的了，求你！”埃米尔清空了洗碗槽里油腻腻的脏水，又重新注满了水槽，“你要是想讲桑德里娜的故事，我就得先来杯白兰地才行。”

“白兰地都被你喝光啦。”内勒这时开口说。

“我该怎么办？”

“你的大英雄，文学巨匠塞缪尔·贝克特不是早就告诉过你吗：屡战屡败，屡败屡战。”

埃米尔抬起头来，汗水和蒸汽交织在他棕色的皮肤上，闪闪发光。

“我说的不只是小说，你得走出来，见见别的女人，喝喝酒，跳跳舞……为你的下一本书找素材！”

“我会读你的下一本书的。”内勒说。

“瞧，”埃米尔说，“内勒说会读你的书，他可只读色情小说！”

“我不看文字。”内勒说。

“我们知道，内勒。”埃米尔说。

“反正我没什么心情。”法比安叹息道。

“那就让自己振奋起来呀！”埃米尔就像一台电暖器，总是散发着热量，“至少，你有理由出门散心了，对吗？生活总要继续下去，找找别的乐子吧。”

他洗完最后一个盘子，把它们叠成一摞，然后把洗碗巾甩到肩头上。

“明晚是奥利弗当班，对吧？这样吧，你和我，咱俩出去喝几杯，怎么样？”

“我不确定……”

“得了，不然你还能做什么？在你的小公寓里欢度周末之夜吗？奥朗德先生，咱们的总统，将会在电视上告诉你——他手上没钱；而你那空空如也的房间会告诉你——家里不会有女人。”

“埃米尔，被你这样一说，情况听起来更糟了。”

“我就是这个意思！这是作为朋友的忠告！我正在给你一百万个跟我出门的理由。来吧，一起找找乐子，勾搭几个性感尤物，放纵一回！”

法比安喝完了咖啡，把杯子递给埃米尔，好让他放进洗碗槽。

“来吧！你得去体验生活才有东西可写呀！”

“也许吧，”法比安说，“我再考虑一下。”

法比安跟他们道别离开，埃米尔不禁摇了摇头。

Chapter 06

一阵敲门声惊醒了她。

起初那声音远远的，然后越变越大，奈尔拉过枕头，盖住耳朵。接着，她似乎听见有人在说“客房打扫”。

客房打扫?

奈尔努力坐了起来，睡眼惺忪，一阵若有似无的铃声传进耳中。有那么一瞬间，她不知自己身在何处，盯着完全陌生的床，又看了看墙面。门外传来模糊的敲门声，她伸手拔出耳塞，所有的声音一下子放大无数倍。

奈尔走到门边，打开门，揉着眼睛说道：“你好？”

门口穿着清洁工制服的女人连声道歉，后退了几步，用法语说道：“噢，我等下再过来。”

奈尔完全不知道她说了什么，只好点点头，把门关上。

她感觉周身像被车碾过一样疲惫，然后向美国女人的床望去，那女人已不知去向，只留下皱巴巴的床单。衣柜门直直地敞着，露出一排空空的衣架。她紧张地扫视一圈房间。还好，行李箱还在。

奈尔没想到美国女人竟走得这么早，不过这也意味着她不必再面对那张暴躁易怒的脸了。现在，她可以好好地冲个澡，然后……

她低头瞄了一眼手机——11点15分。

不可能！

她打开电视，不停换台，直到找到一个新闻频道。

确实是11点15分了。

这下她完全清醒了，开始收拾四散的行李，把它们全扔进箱子。然后她套上衣服，抓起钥匙和车票，一路跑下了楼。前台的法国女人依然坐在柜台边，看起来和昨晚一样整齐精致。奈尔真希望刚才能挤出点时间梳梳头。

“早安，小姐。”

“早安。请问你能不能……能不能……其实，我想改签欧洲之星的车票。”

“您需要我帮忙打电话过去吗？”

“是的，我得改签到今天，因为……家里有点急事。”

法国女人面无表情地说道：“没问题。”

她拿过车票，拨通电话，用法语极快地和对方沟通着。奈尔用手指拨顺头发，想让自己看起来精神些。

“他们只有下午5点的班次了，您看可以吗？”

“没有更早的了？”

“今早的几趟车倒有些空位，但眼下只有5点以后的了。”

奈尔真懊恼自己睡过了头：“好吧。”

“但是，您得重新买票。”

奈尔盯着法国女人递回来的车票——上面确实白纸黑字地写着：不可改签。

“重新买票的话，要多少钱？”

法国女人对着电话那头说了几句，然后拿手盖住话筒，说道：“一百七十八欧元。您要预订吗？”

一百七十八欧元，差不多就是一百四十英镑。

“呃……嗯……其实吧……我……我还有点事。”

她拿回车票，连法国女人的脸都不敢看，觉得自己奇傻无比——特价票当然不能改签。

“非常感谢。”

她回到房间，插上门闩，完全没留意身后正在叫她的法国女人。

奈尔坐在床尾，轻声责骂自己。要么，她用半周的薪水买张车票回家，要么她再坚持一晚，孤身过完这个全世界上最糟糕的“浪漫周末”。她可以躲在这个阁楼房间，对着完全听不懂的法语电视节目一整天；或者独自去泡咖啡馆，假装无视那些你侬我侬的情侣。

她决定给自己来杯咖啡，却发现房间里连个烧水壶都没有。

“老天爷啊。”她大声说，现在真讨厌巴黎。

这时，她在地上发现一个半敞的信封，它被掩在床底下，里面似乎有什么东西。她弯腰捡起来，发现信封里是两张艺术展览的门票，那个艺术家她也有所耳闻。她把票又塞了回去，这应该是那个美国女人的。她把票放到一边，打算等下再决定怎么处置，眼下最要紧的是梳妆打扮，她真的需要出门喝杯咖啡。

日光下的街道，让她感觉好多了。她来到一家看起来不错的咖啡馆，点了一杯拿铁和一个羊角面包。她像其他顾客那样，顶着寒风坐在街边的露天座上；她去逗弄邻座老太太的小狗，那位太太戴的围巾打着日式折纸形状的结；她还帮一对情侣拍了照片；还有个法国男人朝她脱帽致敬，她忍不住笑了。

咖啡不错，羊角面包也十分可口。奈尔在本子里记下这家咖啡馆的名字，以便下次再来。留下小费后，她慢慢走回酒店，心想，还好这顿早餐不算太糟。

对街有一家皮包店，橱窗里的皮包设计优雅，剪裁精致，配色轻淡柔和却能让人眼前一亮，整家店美得如同电影里的场景。大提琴的悠扬旋律传入耳中，奈尔停下脚步，抬头望去，发现一扇带有法式小阳台的窗户，琴声就是从这里传出来的。她静静听着，干脆在台阶上坐了下来，这是她听过的最动人的旋律。琴声止住了，一个姑娘出现在阳台上，手扶大提琴，向下张望。奈尔站了起来，突然觉得有些尴尬，沉思着朝前走去。

她不知该如何选择，踱步回去的路上纠结不已。是走还是留呢？到底去不去赶5点那趟火车呢？她在笔记本上罗列着各种理由。如果坐上那趟车，应该还能赶上去布莱顿的晚班火车，对姐妹们来说绝对是个惊喜，她的周末也有救了。她可以喝得酩酊大醉，向姑娘们坦白一切。她们会照顾她的，这就是“姐妹情谊”。

不过，一想到要为这个愁云惨淡的周末再花上一百四十镑，她就觉得十分痛心。况且，她也不希望第一次巴黎之行以这种逃跑的方式收场，不想将来回忆起第一次巴黎之行时，只剩下被甩的记忆，不想发现自己连埃菲尔铁塔都没看就逃回了家。

回到酒店时，她还在自顾自地想着，要不是伸手去口袋里掏钥匙，她早就忘了美国女人留下两张票的事了。她把门票拿了出来。

“请问一下，”她对前台的法国女人说，“你知道与我合住的那个人去哪里了吗？四十二号房的客人。”

法国女人正在浏览一沓文件，应声道：“她今天一早就退房了。我猜是家里有点急事吧。”她的脸上毫无波澜，“这个周末似乎很多人家里都出了急事。”

“她落下两张票，是个艺术展的门票，我还在想该怎么处置呢。”她拿出了票，法国女人接过去端详。

“她直接去了机场……这个艺术展似乎非常火爆哦，昨晚还上了新闻。为了看这个展览，要排好几个小时的队呢。”

奈尔的目光再次落到门票上。

“小姐，要是我的话，一定会去看的。”法国女人对她笑了笑，“如果……你家里的事没那么着急的话。”

奈尔盯着票，说道：“也许我会去的。”

“小姐？”

奈尔抬头看着她。

“如果您要续住一晚，我们不收取费用，就当弥补之前给您造成的不便吧。”她露出一个歉意的微笑。

“那太谢谢啦。”奈尔有些意外。

于是她做出了决定：再待一天而已，没那么难熬。

Chapter 07

法比安穿着短袖和睡裤，坐在屋顶上发呆，身旁放着一个空空如也的咖啡杯。他出神地望着手中桑德里娜的照片，直到天气越来越冷，让人没法待在室外。

这次爬回房间时，他无比小心，然后站在公寓里，朝四周打量一圈。

她说得没错——这里一团乱。

他拿起垃圾袋，开始打扫。

一小时后，这间不大的公寓算得上焕然一新：脏衣服收进了洗衣篮；旧报纸摞在门边，等待回收；碗盘全洗了，整齐地摆在碗槽里。一切都变得井井有条。

法比安洗了个澡，刮了胡子，换了衣服。现在，没什么可以干扰他写作了。他把寻回的手稿铺开，按照页码顺序精确地排好，一丝不苟地整理对齐，然后放在笔记本电脑旁边，盯着最上面的一页手稿开始发呆。

时间一分一秒地流走。他重读了一部分手稿，把它们放在一边，然后拿起其中一页端详半天，手放在键盘上准备打字。他看了一眼手机，又望向窗外连绵的灰色屋顶，还去了趟卫生间，然后又紧紧盯着键盘。终于，他看了看表，站起身，一把抓起外套。

巴黎圣母院对面的售票亭前门可罗雀。法比安在这儿停下摩托车，取下头盔，眺望着塞纳河。他看着巨大的观光船缓缓驶过，船上的游客们透过落地玻璃窗大呼小叫着拍摄照片。码头这边，仅有少量木质座椅的小船“巴黎玫瑰号”却无人问津。

法比安从摩托车后座取下个包裹，走向售票亭。他父亲正坐在售票亭里的高脚凳上读报纸。

“三文鱼。”他把包裹递给父亲，“埃米尔说不能放太久。”

克莱蒙用贴面吻跟儿子打了招呼，他打开包裹，咬了一口，津津有味地吃起来。

“味道不错，跟他说下次少放点茴香，我们又不是俄国人。点心倒是挺美味的。”

“没生意吗？”

“都怪那艘新来的大船，把生意抢走了。”

他们看着水面发了会儿呆。有对情侣沿河岸走过来，离售票亭几步之遥时，又改变了主意，然后越走越远。

法比安挠了挠脚脖子：“要是没什么事，我想去看看卡罗的艺术展。”

“是想去看看能不能碰上桑德里娜吧？”

法比安摇摇头：“不！我只是很欣赏弗里达·卡罗。”

“好吧，”克莱蒙望向水面，“可你总是三句话不离她。”

“她说我一事无成，我只是……想证明给她看，我可以写小说，可以改变……对了，我还收拾了公寓。”

一阵短暂的沉默。父亲拍拍口袋，装作在找什么东西，法比安疑惑地望着他。

“听得让我想找个奖章出来颁给你。”

法比安站起来，哭笑不得："爸，我下午4点回来，说不定那会儿你的生意就来了。"

克莱蒙吃掉了最后一块三文鱼。他将餐巾纸仔细地折成小方块，擦了擦嘴，再用另一只手拍拍儿子的胳膊。

"儿子，"在法比安转身离开时，他说道，"别再想她了，犯不着这么较真，明白吗？"

桑德里娜总说他起得太晚。

一点都没错。

法比安站在队伍的最后头，看着"此处还需等待一小时""此处还需等待两小时"的标志，真怪自己没早点到——他可是早就计划好要看展览的。

他原本以为很快就能排到，可四十五分钟后，长龙只向前爬了十步。在这个清朗而寒冷的下午，他开始感到沮丧，把羊毛帽子往下拉了拉，靴子尖儿踢着地面。

他可以掉头离开，回去帮父亲照看生意；也可以回家，做完公寓的打扫；还可以为摩托车加满油，检查一下轮胎；再或者，把拖了几个月的文书工作搞完……

可没有人离开队伍，他也没有。

法比安把帽子拉下来，盖住耳朵，他觉得无论如何，留下来总会感觉好些，至少他今天完成了一件事。他不会放弃——不会应验桑德里娜对他一贯的评价。

这当然与弗里达·卡罗是桑德里娜最喜欢的艺术家无关。他竖起衣领，想象自己在咖啡馆与桑德里娜不期而遇，他可以漫不经心地说："哦，是呀，我去看了迭戈·里维拉和他的妻子弗里达·卡罗的画展。”她脸上一定写满惊讶，说不定还有欣喜，也许他应该买一本展览图册送给她。

即使心里这么想，他也明白这主意有多蠢。桑德里娜不会去他工作的咖啡馆附近转悠，分手之后，她对那里避之不及。那他此时此刻又在这里做什么呢？

法比安抬起头，看到一个姑娘正朝长队尽头慢慢走来，她的海军帽盖住了刘海，表情十分沮丧。看到这一眼望不到头的长龙，谁都是这副表情吧？

她来到法比安后面的几个位置，手里拿着两张纸，站到一个女人身边停下来，开口道：“请问，你说英语吗？卡罗的艺术展是在这儿排队吗？”

她不是第一个来问话的人了，那女人耸了耸肩，说了一串西班牙语。

法比安发现她手上拿的是门票，上前说道：“你不是有票吗？不用在这儿排队。”他指了指队伍的前方：“有票的话，可以直接上那儿。”

“噢！”她笑了，“谢谢你，真让我松了口气！”

法比安突然认出她来：“你是昨晚在巴斯提德咖啡馆的英国女孩吧？”

她看起来有些惊讶，手捂着嘴：“啊，你是那个服务生。我还把酒洒你身上了，真对不起。”

“没事儿，”他用英语说道，“没关系。”

“总之，十分抱歉。也……谢谢你。”

她正要走开，又转过身瞧瞧他，打量排在他前后的两个人，斟酌着向法比安问道：“你在等人吗？”

“没有。”

“那你……要不要我的另一张票？我有两张。”

“你不用吗？”

“这是……别人送的礼物。多出来一张我也用不上。”

他看着眼前的女孩，等着她接下来的解释，可她不再说话了。他伸出手，接下了她的好意：“谢谢！”

“我也只能做这么多了。”

他们并肩走向队伍最前方，前面人很少，有票的人不用排长队，他忍不住因事情的峰回路转而笑了起来。她的目光落在他身上，也笑起来。

他注意到她的耳朵红了。“那么，”他问，“你是来度假的吗？”

“只是过个周末。”她说，“就当是旅行吧。”

他把头歪到一边：“挺好的，说走就走的旅行，非常……”他字斟句酌，寻找着合适的词，“随性。”

她摇了摇头：“你……每天都在咖啡馆工作吗？”

“大部分时间吧，我的梦想是当个作家。”他低头踢着一颗石子，“但我想，可能一辈子只能当个服务生了。”

“别这么说，”她的声音突然变得清晰有力，“我相信你能做到的。你每天都能接触到各种素材，接触到人们的生活……我是说，在那家咖啡馆里。你一定充满了点子。”

他耸耸肩：“这只是……一个梦想，还不确定是不是个好梦想。”

这时，他们来到展览馆的入口处，保安拦下奈尔，让她到一边去配合随身包检查。法比安觉得奈尔有些尴尬，他不知道要不要等她。

他正站在那儿犹豫不决，奈尔朝他挥了挥手，好像在道别。

“那么，”她说，“祝你观展愉快。”

她有一头浅红色的头发，脸上还有几颗雀斑。

法比安把手深深插进口袋，点点头：“再见。”

她又笑起来，笑得眼睛都弯了，似乎很容易发现别人发现不了的笑点。他想起来自己还不知道她的名字，可在开口问之前，她已经走下了楼梯，消失在人群之中。

数月以来，法比安都深陷回忆之中，难以自拔，脑子里只有桑德里娜。去过的每个酒吧都会让他想起他们曾经去过的地方，听过的每段旋律都会让桑德里娜浮现在他心头——她嘴唇的形状，发丝的气息。这些日子他如同和幽灵在一起生活一样。

而现在，在展览馆里，有什么事在他身上悄然发酵了。他发现自己的情感被迭戈·里维拉那绚丽的巨幅油画深深吸引，还有里维拉深爱过的女人弗里达·卡罗的小型自画像——她那痛苦万分的表情引起了他的共鸣。法比安几乎注意不到画作前还挤了很多人。

他在卡罗的另一幅自画像前停下脚步。画作中，她将自己的脊柱画成一根折断的柱子[1]，眼里的哀伤让他无法挪动眼睛。他想，那该是怎样的痛苦啊。他突然为自己的伤春悲秋感到难堪，

---

1. 1925年，十八岁的弗里达·卡罗乘坐的巴士与一辆电车相撞，她的脊椎被折成三段，颈椎碎裂。在病愈过程中她画了第一张自画像，从此她开始以绘画记录自己的生活与情感。

总沉湎于对桑德里娜的回忆，未免太任性了。在他眼里，他们的故事，与迭戈和弗里达那史诗般的爱情故事相比差远了。

他情不自禁地在那几幅画前徘徊，读着那对夫妻的生平，看着他们对艺术的热忱，对劳工权益的追求，以及对彼此的爱。他感到一股欲望从内心深处升腾起来，他想要做得更多、更好、更有意义。他希望像他们一样生活，那就得让自己的小说变得更好，他要写下去，必须写下去。

他有一股冲动，想要回家写点什么，写点焕然一新的东西，和那些画作一样真诚的东西。总而言之，他就是想写，可是写什么呢?

就在这时，他看到了她。她站在那幅脊柱变成断柱的画像前，目光牢牢锁在画中之人身上。她的眼睛睁得很大，眼里溢满化不开的悲伤，海军帽被紧紧攥在右手里，一滴眼泪滑过脸颊，她抬起左手，赶紧用手掌拂去，目光却还是紧紧锁着那幅画。也许是感受到他注视的目光，她突然扭过头来。

他们的眼神就这样交会了。

这一刻，法比安不假思索地走上前去。

“我还没……机会问你，”他说，“可以请你喝杯咖啡吗？”

Chapter 08

下午4点，蓝马咖啡馆里挤满了人，不过服务生还是为法比安找到一张室内的桌子。奈尔猜想，他就是那种总能找到室内好位子的人。他点了杯浓缩咖啡，奈尔跟着说道：“我也一样。”因为她不想他听到自己糟糕的法语发音。

他们之间出现一阵短暂而尴尬的沉默。

“艺术展还不错吧？”

“我一般不会在画前哭的，”奈尔说，“想起这个我现在还觉得有点傻气。”

“不，不，那幅画确实动人。还有那些人，那些观众，那些照片……”

他们谈起那个艺术展，他说他早就知道那位画家的成就，但没想到自己还会如此被触动。

“我能在这里感受到，你知道吗？”他拍了拍自己的胸口，“如此的……有力。”

“是的。”她说。

奈尔告诉他，自己的朋友圈里没人像他这样聊天。他们通常谈论特莎上班时穿了什么，或者聊聊电视剧《加冕街》，又或者说说上个周末谁又喝醉得不省人事了。

“我们聊的也无非是这些事。不过……我也不知道……我想是……这两位艺术家鼓舞了我。我希望像他们作画那样去写作。这听起来不太着调吧？我就想有人能够读到我的小说，然后感到好像……噈！”

她不禁笑了起来。

“你觉得好笑吗？”他好像有些受伤。

“哦，不。只是你说‘噈’的样子。”

“噈？”

“英语里没有这个词。我只是……”她摇了摇头，“觉得这词挺有意思。噈。”

他盯着她看了一会儿，然后爆发出一阵大笑：“噈！”

陌生感消失了。

咖啡到了，她往里面放了两块砂糖，免得喝的时候难受。

法比安却一下吞了两口：“你对巴黎的印象如何，英国来的奈尔姑娘？这是你第一次出门旅行？”

“就目前所见到的来说，我喜欢这儿。不过，我还没逛过任何景点。既没有去看埃菲尔铁塔，也没有去过巴黎圣母院，连情侣们挂爱情锁的那座桥也没去过。我可能没时间去看了。”

“你会再来的，人们总会再来。今晚，你有什么打算？”

“不知道。也许再找个地方吃饭，或者就宅在旅馆房间里。”她笑了，“你一会儿要去咖啡馆上班吗？”

“不，今晚不去。”

她努力掩饰自己的失望之情。

他看了一眼表：“糟糕！我答应父亲要去帮忙照看生意，我得走了。”他抬起头，“不过今晚我跟几个朋友在一个酒吧有约。欢迎你也加入我们，如果你愿意的话。”

“噢，谢谢你，不过……”

“不过什么？”他看起来快乐又放松，“你可不能宅在旅馆房间里度过巴黎的夜晚。”

“没关系，真的。”

她脑海中浮现母亲的教诲：不要和陌生男人约会。你不知道他的底细，更何况他还留着寸头。

“奈尔，让我请你喝一杯吧，谢谢你给了我艺术展的门票。”

“我不确定……”

“就当是巴黎人的待客之道吧。”

他的笑容无比动人，她不禁动摇了：“那里远吗？”

“哪儿都不算远，”他笑了，“你是在巴黎！”

“好吧，我们在哪儿碰头？”

“我来接你吧，你住哪儿？”

她告诉了他住址，继续问道：“我们要去哪儿？”

“就交给夜晚来决定吧。毕竟，你是从英国来的随性姑娘。”他朝她挥手道别，然后走出门，一脚启动摩托车的油门，沿着小路呼啸而去。

奈尔回到酒店房间，脑袋仍因下午发生的一切而嗡嗡作响。她仿佛又看到展览馆里的画作；看到法比安宽大的手掌圈住小小的咖啡杯；看到画布上那娇小的女人哀伤的双眼；看到塞纳河边宽广的露天公园，一旁的河面上碧水涟漪；还听见地铁开门关门时发出的吱呀声响……

她感到身体的每一寸都在滋滋冒泡，就像自己成了书中的人物。

她冲了澡，洗了头，在随身带来的衣服中挑来选去。皮特也不是一个注重穿着打扮的人，她想挑一套有巴黎范儿的穿搭太难了。这里的每个人都很时髦，他们在穿着上决不跟风，这点和英国女孩十分不同。

她下楼去了酒店前台。法国女人正在做账，她抬起头来。奈尔注意到，她的发尾飞扬时髦，好像登台演出的小马的尾巴，让她看起来光芒四射。

“打扰一下，请问我能上哪儿弄到一套像样的衣服？就是像法国人的那种？”

法国女人等了一下，没有立刻回答。

“像法国人？”

“今晚我可能会和别人出去，所以想打扮得更……法国一点。”

法国女人放下手中的笔。

“您想打扮得法国一点？还是说，仅仅是想看起来不那么出挑。”她似乎难以理解，“您为什么不想让人眼前一亮呢？”

奈尔深吸一口气，压低声音说道：“我只是……你看吧，我的衣服都不合适。你肯定不明白我的感受，那种被一群时髦又高雅的法国女人包围的滋味。”

法国女人想了想，探身趴在柜台上，打量了一眼奈尔的穿着。随后，她站直身子，在一张纸上写了几个字，递给奈尔。

“沿着阿希弗路走一小段就到了。告诉老板，是玛丽安娜让你来的。”

奈尔看了一眼字条：“太谢谢啦！你就是玛丽安娜吗？”

法国女人挑了一下眉。

奈尔转身走向酒店大门，抬起一只手告别：“好吧，谢谢你啦……玛丽安娜！”

二十分钟后，奈尔站在试衣镜前，上身穿着宽松的毛衣，下身是一条轻薄的黑色紧身裤。服务她的店员有一头蓬松却精致的头发，还戴了一胳膊叮当作响的手镯，她在奈尔脖子上挂了条围巾，打了个结。奈尔实在说不上来这算不算法式穿搭。

店里弥漫着无花果和檀香木的味道。

“棒极了，小姐。”店员用法语说道。

“我看起来像……巴黎人吗？”

“活脱脱就是从蒙马特高地来的，小姐。”她露出一个不置可否的表情。要不是奈尔知道法国女人都没什么幽默细胞，一定会觉得她在笑话自己。

奈尔深吸了一口气：“好吧，这身行头往后还用得着。”她兴奋得微微发抖，“至少穿这件上衣去上班没问题……好吧，我买了！”

正当她尽力不去考虑价格，站到柜台旁结账时，目光却被橱窗里的一条裙子吸引了。那是一条上个世纪五十年代的法式连衣裙，夸张的祖母绿底色，点缀了菠萝图案的碎花。昨天早上路过时，她就注意到这条裙子了：丝质的绸缎在巴黎氤氲的阳光里隐隐闪着微光，让人不自觉想到好莱坞老电影里的明星。

“我喜欢那条裙子。”她说。

“它绝对衬肤色，您要试试吗？”

“哦，算了吧，”奈尔说，“那不像我的……”

五分钟后，奈尔穿上那条绿裙子，站在了试衣镜前。她几乎都认不出自己了。那条裙子让她改头换面，不但突显发色，还展现了身段，让她变得更加精致时髦了。

店员替她理好裙摆，站起身来，张大嘴巴，露出高卢人特有的夸张表情："太适合您了！漂亮极了！"

奈尔望着镜子里崭新的自己，她甚至觉得自己的站姿都与以往不同了。

"您喜欢吗？这是最后一件了，也许我可以想办法给您打点折……"

奈尔看了看价格牌，立刻说道："噢！这条裙子我穿不了几次。我一向都是先算性价比再决定是否购买的，这条裙子折算下来，每穿一次相当于花掉……三十英镑。不，我不买了。"

"难道您从来不因为某件事只是单纯让人快乐而去做吗？"店员耸耸肩，"小姐，看来您得多在巴黎待待了。"

二十分钟后，奈尔提着购物袋回到了酒店房间。

她换上那条黑色紧身裤，穿上帆布鞋和宽松毛衣，视线又转向床上的法国杂志。她从杂志中选了一页，支在镜子前，照着杂志上法国模特的样子给自己弄了头发和眼妆，最后看着镜子里的自己，做了个挑逗的微笑。

此刻，她身在巴黎，穿着巴黎时装，马上要跟刚在展览馆认识的法国男人约会了！

她把头发抓到脑后，挽了个蓬松的结，抹上口红，坐在床上，笑个不停。

二十分钟后，她仍然坐在床上，两眼无神地发着呆。

此刻，她身在巴黎，穿着巴黎时装，马上要跟刚在展览馆认识的法国男人约会了！

她一定是疯了！

这会是她这辈子做过的最愚蠢的一件事。

甚至比她为了一个男人，自己掏腰包买双人票来巴黎还要蠢——那个男人还曾经说过，他根本分不清她的脸究竟像马脸还是像葡萄干圆面包。

今晚之后，她可能会出现在报纸头条，或者更糟糕，出现在那种不起眼的小报新闻里，连上头条的资格都不见得有。

《女孩陈尸巴黎，男友未曾现身》

其母表示："我早就跟她说过不要跟陌生男子出去！"

她看着镜子里的自己。

她究竟在做什么？

下一秒，奈尔抓起钥匙，蹬上鞋子就往外跑，顺着狭窄的楼梯一路向下，直奔酒店前台。

玛丽安娜还在那儿，等她挂断电话，奈尔立刻凑上前去，小声说道："等下如果有个男人来找我，就告诉他我不舒服，好吗？"

法国女人皱了皱眉："不说家里有急事？"

"不。我……呃……我的胃不舒服。"

"胃不舒服。好的，小姐，这人长什么样？"

"头发很短，骑着摩托车，当然他不会骑进这儿来。我……他个子很高，眼睛很好看。"

“眼睛很好看？”

“反正，一会儿除了他，不会有别人到这儿来找我的。”

法国女人点点头，似乎觉得这话很在理。

“他约我今晚出去……但这不是什么好主意。”

“所以，您不喜欢他？”

“啊，不是的，他很好。只是……我并不了解他。”

“可是……如果不跟他出去，您又怎么能了解他呢？”

“我对他还没了解到可以在陌生的城市里，跟他去陌生地方的程度。可能还有些别的什么陌生人在一块儿。”

“那可真是各种‘陌生’呢。”

“可不是嘛。”

“所以今晚您会待在房间。”

“是的。不，我也不知道。”她站在那儿，觉得自己蠢透了。

玛丽安娜上下打量她一番：“这身打扮很不错。”

“啊，谢谢你。”

“可惜了，您胃不舒服。不过，”她笑了笑，转身回去继续工作，“也许来日方长。”

奈尔坐在房间里，看着法语节目。电视里，一个男人正跟另一个男人聊天，他们中的一个使劲晃着脑袋，晃得下巴都颤了起来。时针接近8点的时候，她频频看向挂钟。肚子饿得叫了起来，她想起法比安说过，犹太区有个卖沙拉三明治的小摊位。她想象自己坐在摩托车的后座上，那会是什么感觉呢？

她掏出笔记本，从床头柜上抓起一支笔，写道：

今晚不出门的理由：

1. 他可能是个杀人犯。

2. 他可能勾引我。

3. 1和2同时有可能。

4. 我可能在巴黎某个未知的角落丧命。

5. 我可能不得不和出租车司机讲话。

6. 晚归的话，酒店说不定会找麻烦。

7. 我的衣服不好看。

8. 我得装作很随性的样子。

9. 我得在法国人面前讲法语，吃法餐。

10. 如果我今晚早点睡，明天就能早点起床，精神满满地坐火车回家。

她坐在那儿，盯着有条有理的清单看了一会儿，接着在纸的背面又写道：

1. 此时此刻，我身在巴黎。

这次，她盯得更久一些。这时时针指向了8点。她把笔记本塞回包里，抓起大衣，沿着狭窄的楼道跑下楼，直奔前台。

他已经到了，正俯身在柜台桌子上，跟法国女人说着什么。在看见他的一瞬间，她的脸涨得通红。她朝他走去，心怦怦直跳，不知该怎么向他解释。不管怎么解释都会显得很傻，很显然她曾经退缩过，不敢接受他的邀约。

“噢，小姐，我正跟您的朋友说，我猜您还要几分钟才会下楼。”玛丽安娜说。

“准备好了吗？”法比安笑着问。

她不记得上次别人因为见到她而如此开心是什么时候的事了。除了她表弟的那条狗，当它想在她腿上干点坏事时，就会露出欣喜若狂的神色。

“小姐，如果您在12点以后回来，需要用这个密码进酒店大门。”玛丽安娜递给她一张小卡片，奈尔伸手接过时，玛丽安娜又悄声说道，“很高兴您的胃痛好些了。”

“你不舒服吗？”法比安递给她一个头盔，随口问道。

巴黎的夜晚清冽而寒冷。她从没坐过摩托车，还读过不少骑车导致死亡的报道。不过头盔已经戴在头上，法比安也坐在了驾驶座上，还示意她坐到自己身后。

“我好了。”她说。“请别害死我。”她暗暗想。

“好的！我们先喝点酒，也许还会吃点东西。不过现在嘛，我先带你看看巴黎的另一面，怎么样？”

她刚伸出手，环抱住他的腰，摩托车就一跃而起，冲进夜色之中。

随着一声尖叫，他们出发了。

Chapter 09

法比安骑车沿着里沃利大街呼啸而过，在车流中钻进钻出。他每次加速都能感觉到环抱在腰上的手抱得更紧了些。恰好遇上红灯，他停下来问道：“你还好吗？”他的声音从头盔里传出来，有些模糊。

她红着鼻子笑道：“好极了！”

他也开怀大笑起来。对于摩托车上的他，桑德里娜总是一脸茫然，她不喜欢他开车的方式，连装都懒得装。而这英国女孩却一路叫一路笑，她的发丝飞扬在空中，当他为了躲避侧巷里杀出来的汽车而紧急转向时，她就会尖叫：“天哪！天哪！天哪！”

他载着她串街走巷，风驰电掣地驶过塞纳河上的德拉托内尔桥和圣路易斯岛，环绕四周的塞纳河在夜色中泛着银光。他在主教桥后兜了几个圈，让她可以看见夜幕中耸立的圣母院，滴水嘴兽藏在哥特式塔楼的暗影中，俯瞰众生。

不等她喘口气，他们又上路了，一路驶过香榭丽舍大道，在车流中蹁跹穿行，法比安还朝着踏入车道的路人狂按喇叭。有那么一刻，他放慢速度，把凯旋门指给她看，经过时，他感到她略微朝后仰去。他朝身后竖起大拇指，她也竖起大拇指作为回应。

法比安飞一般地驶过一座桥，沿河而行。他灵巧地避开了公交车和出租车，完全无视司机按响的喇叭声。来到一处早已计划好的地点时，他才放慢速度，在主干道上熄灭引擎。塞纳河上灯火通明，游船如织，岸边聚集着很多摊贩，正在兜售埃菲尔铁塔形状的钥匙扣和棉花糖。就在这里，她看到了它——那座高耸入云的铁塔。它犹如钢铁巨人一般拔地而起，刺向空阔辽远的夜空。

她松开紧抓着他外套的手，小心翼翼地从后座上下来，经过刚才的一番畅游，腿都有些发抖了。法比安注意到，她摘下头盔时，根本不在意发型乱了，换作桑德里娜的话一定先忙着整理头发。她却只顾着欣赏风景，惊喜到嘴都合不拢。

他取下头盔，倾身靠在车把上。

“看吧！这下你可以说把巴黎最著名的景点都看过了——而且是在……呃……二十二分钟之内。”

她扭头看着他，眼里有光芒闪烁。

“刚才，”她说，“是我这辈子经历过的最可怕、最疯狂，也是最棒的事了！”

他笑了。

“那是埃菲尔铁塔！想上去看看吗？不过我们可能得先排队。”

她想了想：“我们今天已经排得够多了。现在，我只想来点儿烈酒。”

“来点儿什么？”

“酒！”说完，她又坐回摩托车后座，“来一杯酒！”

他发动引擎，驾车再次驶入夜色之中，他感到她的双手搂在自己腰上。

在布莱顿纵横交错、高低起伏的小巷子里，挤满了寻欢作乐、酒意未酣的小伙子和参加单身派对的女孩。玛格达、翠西和苏伊并肩走着，完全顾不上这样会把其他人挤下人行道去，她们在找玛格达听说过的一家酒吧，据说在那里，女孩不带男伴去的话，会很受优待。

“唉，见鬼！”玛格达摸了摸手提包说，“我忘记带手机了。”

“放在酒店说不定更保险，”翠西说，“你要是喝得酩酊大醉，只会把它再弄丢一次。”

“万一我遇到不错的人呢？要怎么问他要电话号码呢？”

“你可以让他写在你的——皮特？”

“我的什么？”

“皮特？皮特·威尔士？”

三个女孩在“人鱼之臂”酒吧外停下脚步，瞪大眼睛盯着那个吊儿郎当的身影。他也眨眨眼睛看着她们。

玛格达走上前去，疑惑地问：“你怎么在这儿？……你不是在巴黎吗？”

皮特挠着头，他刚刚灌了不少酒，这拖慢了编造借口的速度。

“噢，那个啊。没错呀，那只是请假不工作的借口。”

三个人面面相觑，不明所以。

“那奈尔在哪儿呢？”苏伊问，“我的天，奈尔在哪儿？”

奈尔挤进“黑夜”酒吧最靠里的包座。这里是巴黎市中心的某处所在，她早已放弃弄明白“到底在哪儿”这回事了。他们点了些吃的，可店员好像忘了。在这里奈尔很放松，除了法比安，埃米尔和雷尼也在，还有埃米尔的一个红发的朋友——法比安总记不住对方的名字。

奈尔已经摘下帽子，脱下外套，每当大笑时，她的头发就会扫到脸上来。为了照顾她，大家都讲英语，不过埃米尔却努力要教她用法语骂人。桌上堆满酒瓶，音乐震耳欲聋，他们不得不大喊着对话。

“见鬼！”埃米尔说，“不过你得板起脸来说才行。见鬼！”

“见鬼！”她学着埃米尔的样子甩甩手，但还是忍不住大笑起来，“我学不好那语调。”

“滚吧。”

“滚吧。”她模仿着他低沉的嗓音，“这个我能学会。”

“但你不像在骂人。我还以为英国女孩都是骂界高手呢。”

“喊！”她转向法比安。

“喊？”埃米尔吃了一惊。

“喊。”雷尼说。

“再来干杯！”埃米尔说。

法比安忍不住盯着她看。她并不漂亮，至少不是桑德里娜的那种漂亮，却有一种让你不忍挪开目光的力量：她微笑时皱起的鼻子，做错事时抱歉的神情，大笑时露出的小虎牙。

他与她四目相对，看了好一会儿，还眼神交流了一下。她的表情告诉他，她觉得埃米尔很有意思。他挪开目光，感到心里有什么在翻腾，于是起身去吧台，又叫了一轮酒。

“你终于放下了？”酒保弗雷德问道。

“她只是个朋友，从英国来度假的。”

“随你怎么说。”弗雷德摆上一排酒杯。他不用问就知道该拿什么酒，这可是周六之夜。“顺便说一句，我看到她了。”

“桑德里娜？”

“没错。她说换了份新工作，在一家设计工作室上班。”

她身上发生了一件大事，他却丝毫不知情，这对他来说，无疑是当头一棒。

“挺好的，”弗雷德并没有看他，“你能放下。”

从这句话中，法比安读出了别的意味：桑德里娜另有新欢了，你能放下是件好事。

拿着酒走回座位时，他仍没缓过神来。这种打击让他难受，却算不上痛心。这没什么，是该放下了。

“我以为你去拿红酒了。”奈尔见他拿着酒杯回来，双眼放光地说。

“这一轮是龙舌兰，”他说，“因为……”

“因为你在巴黎，这是周六之夜，”埃米尔抢过话头，“而且谁能拒绝龙舌兰呢？”

他看到她脸上闪现了一丝犹豫，不过她立刻扬起下巴说道：“那就来吧。”

她吮了一口酸橙，把小盅里的酒一饮而尽，紧闭着双眼，颤抖着叫道：“我的天！”

“现在你见识到什么是周六之夜了。”埃米尔说，“狂欢开始了！等一下还要去别的地方继续吗？”

法比安求之不得。他感到自己充满活力，无所畏惧。他想在剩下的几小时里看着奈尔开怀大笑，想带她去夜店跳舞，想把手放在她的后背上，想让她的目光落在他眼里；他想尽可能保持清醒，想在巴黎的清晨和美好的人在一起，好好感受美酒、欢愉和巴黎的街道。他想沐浴在她带来的希望之中。她总能看到他最好的一面。

“如果奈尔想去的话，当然好。”他说。

“奈尔，”雷尼问，“这是什么名字？是常见的英国名字吗？”

“是个最糟糕的名字，”她回答说，“我妈用查尔斯·狄更斯小说里的角色为我取了这个名字。”

“还有更糟的呢。你幸好不叫——她叫什么来着？——哈维沙姆小姐。”

“梅西·贝克尼斯夫。”

“芳妮·杜丽。”[1]

他们笑了起来。

她也捂着嘴笑个不停：“你们都这么了解狄更斯吗？”

“我们在一块儿上的大学——英国文学。法比安成天就知道读书，真可怕。我们得打上一架才能把他绑出来玩。”埃米尔举起酒杯，“他就像一个……你们英国人怎么说来着？一个宅男，他是个宅男。我真不知道今晚你是怎么做到让他出门的，但我很高兴。干杯吧！”

“干杯！”说完，她把手伸进口袋，掏出手机看了一眼，似乎吃了一惊，把手机凑近眼前，生怕看错了似的。

你还好吗？？？？？

是翠西发来的短信。

---

1. 这些名字都是狄更斯小说中的人物。

“你没事吧？”见她一言不发，法比安问道。

“没事，”她说，“只是我朋友有点奇怪。那么……接下来我们去哪儿？”

现在是凌晨2点30分。法比安喝醉了，比他数周来喝的任何一次都要醉。他笑得两肋隐隐作痛。“泽黛儿”酒吧里人头攒动，此时播放起法比安最爱的一首歌，他总在店里打烊打扫卫生时放这首歌，可惜后来老板不让放了。埃米尔已经开启了疯狂派对模式，跳上吧台跳起了舞，他用手指戳着胸口，朝底下的人群放肆大笑，气氛越来越热烈。

法比安感觉到奈尔的手指搭在他的胳膊上，于是牵起她的手。她笑着，发丝被汗浸透了，一缕缕地贴在脸上。他想，可能再也找不到她之前脱下的外套了，他们已经跟随音乐舞动了好几个小时。

一个红发女孩在无数双手的帮助下爬上吧台，站在埃米尔身旁舞动起来。他们一起随着音乐摇摆，干掉了好几瓶啤酒。酒保退在一旁，偶尔出手挪动杯子，以免它们被狂舞的脚踢到。这不是“泽黛儿”酒吧第一次变成狂欢的舞池，也不是最后一次。

奈尔对法比安说了句什么。

他弯腰倾听，不经意闻到她身上的淡淡香味。

“我从来没在吧台上跳过舞。”她说。

“从来没有？那现在来吧！”

她笑着摇了摇头，他们正看着彼此，她似乎想到了什么，然后向他肩头伸出一只手。他托着她上了吧台。她站稳脚跟后，瞬间舞动起来，埃米尔朝她举起酒瓶致意。她已完全沉浸在音乐之中，双眼紧闭，发丝飞扬。她擦掉脸上的汗，将一瓶啤酒一饮而尽。两个，三个……越来越多的人加入他们，跃上吧台跳起了舞。

法比安并未迷失在狂欢中。他只想站在那儿，用身体感受音浪。他在拥挤的人群中看着她，以这样的方式分享她的欢乐，成为她欢乐的一部分。

她睁开双眼，在人海中搜寻着他的面孔。然后她发现了他，冲他微微一笑。

一种久违的滋味涌上他的心头。

那是快乐的滋味。

现在是凌晨4点或者5点，奈尔早已不在乎了。她和法比安并肩走在一条僻静的小路上，双脚踩着凹凸不平的鹅卵石地面，小腿肚因为刚才的舞动酸痛不已。寒气让她微微有些发抖，法比安放慢脚步，脱下外套，披在她肩上。

“明天我会给那家店打电话，”法比安说，“看看能不能找到你的外套。”

“没事的，”奈尔边走边感受外套的重量——它散发着他的气息，“那只是件旧外套。啊……见鬼！密码纸放在外套口袋里了！”

“密码？”

“开酒店门的密码。我进不去酒店了。”

法比安假装不去看她，说道：“其实……你可以……在我家……过夜。”他说得漫不经心，仿佛这不是什么大不了的事。

“不了。”奈尔立刻说，“你很贴心，不过……”

“不过？”

“我们还没那么熟，不过还是谢谢你。”

法比安看了看表：“好吧……酒店会在一小时四十分钟后开门。我们可以找一家通宵营业的咖啡馆，或者就这样走一走，再或者……”

奈尔等着他的提议。法比安咧嘴一笑，伸出手臂。奈尔几乎没有任何犹豫就挽住了他，两人沿着街道走了下去。

当法比安沿着斜坡向河堤走下去时，有那么一刻，奈尔的勇气灰飞烟灭了。她觉得自己一定会遭遇不测，变成新闻头条。她盯着漆黑如墨的塞纳河，盯着树木投下的朦胧阴影，还有隐匿在码头之下的无尽虚空。然而，或许是英国人的性格使然——即使可能遭遇不测，也不能显得无礼或大惊小怪——这一点驱使她继续往前走。

法比安走在前面，他步履那么轻盈，好像这条路已经走过一百万次了。他的步法不像连环杀手的样子，她边走边想。其实，她并不清楚连环杀手的步法是什么样的，但内心就是觉得不像。他转了个弯，招手示意她跟上。

接着，他们便站在了一条小木船边。小木船拴在巨大的铁环上，上面还有好几排长凳。奈尔放慢脚步，瞅着这条船。

“这是谁的船？”

“我父亲的，他用这船载客人游河。”

她握住他伸过来的一只手，爬上了船。法比安示意她坐在自己身后的长凳上，然后从船上的箱子里拽出一条羊毛毯子，递给奈尔。等她把毯子盖在腿上，他就发动小船驶离了岸边。轻柔的引擎声回荡在巴黎的夜幕中，迎着阵阵潮水，船驶入河心。

他们往幽深的水域驶去，奈尔抬起头，遥望空寂的巴黎街道，闪闪烁烁的街灯映照在水面上，如在梦中。黑夜中，与一个陌生人在巴黎的河道里同游——这不可能是她。但她内心不再感到恐惧，而是充满快意。法比安回头看她，或许也看到了她脸上的笑容。他示意奈尔站起来，让她掌舵。奈尔握着舵柄，感到小船正在水面上破浪而行。

“我们要去哪里？”问完她便意识到，其实自己完全不在乎这个问题的答案。

“保持方向，”法比安说，“我想给你看点东西。”

小船逆流而上，悄然前行。闪闪发光的巴黎包围着他们，显得美丽而不真实。此时此刻，巴黎的中心仿佛成了一个幽黑又璀璨的气泡，而气泡里只有他们两人。

“现在，”法比安说，“我们有两个小时，够我们彻底了解对方了。任何你想问的事，我都能回答。”

“天，我可不擅长这个。好吧……你小时候最喜欢什么？”

“小时候？足球。我能背出巴黎圣日耳曼俱乐部所有球员的名字：加萨格兰德、阿尔格里诺、西赛、阿内尔卡……”

“好吧，”奈尔突然发现，这个话题可能会把巴黎的浪漫抹杀于无形，“那么……你爱上的第一个女孩是谁？”

“太简单了，”法比安把握十足地说，“南希·德蕾维涅。”

“名字真棒。她长什么样？”

“深色长发，头发很卷，像这样……”他伸出手指放在脸颊两边，比画了一下发卷的大小，“深色的大眼睛，笑起来很漂亮。后来，她跟我朋友吉拉德好上了，这也在意料之中。”他看到奈尔有些失落，继续道，“他比我更擅长……”

他手舞足蹈地比画一通，奈尔瞪大了双眼。

“在你们那里应该叫……弹床？那时候我们才七岁……对了，舵往这个方向偏一点，这一带有很强劲的水流。”

他们从一座桥下驶过，他把手覆在她掌舵的手上，手掌的温度传了过来，她努力想掩饰脸颊泛起的羞赧。

“最近呢，有谁吗？”奈尔问。

“有。我和桑德里娜同居了两年，三个月前分开了。”

“发生了什么？”

法比安耸耸肩：“你该问没有发生什么。我没有找到更好的工作，没写完我的书，没有成为下一个文坛萨特。我没有成长，没有转变，没有发掘出潜力……”

“暂时没有！”奈尔情不自禁地脱口而出。法比安转向她，她接着说：“为什么非要给这些事情加上一个完成时限呢？我是说，你有份不错的工作，共事的人你都喜欢；你正在写一本书；嘿，你还是会主动去看艺术展的人，并没有成天穿着短裤宅在床上！”

“我也不是没有穿着短裤宅在床上过。”

奈尔耸耸肩：“好吧，那是‘分手守则’里的第一条——穿着短裤卧床不起，暗自神伤。”

“第二条是什么？”法比安笑着问道。

“自轻自贱吧。第三条是，或许会和一个完全不合适的对象共度春宵；第四条，意识到你可以重新享受生活；第五条，正当你决定不再沉溺于情感关系中时，你会发现，完美小姐出现啦。”

法比安靠在船舵上：“有意思，非得经历所有这些步骤吗？”

“我想是的。”奈尔说，“也许，也可以跳过一两个步骤。”

“我已经自轻自贱过了。”他笑了，不想再说什么。

“别这样，”奈尔说，“你可以和我说说，反正我住在另一个国家，我们也不会再见面了。”

法比安皱着眉头：“好吧……在桑德里娜离开后的那几周，我总是去她办公室附近晃悠，我的脸就像这样……”

他做了个表情，奈尔觉得只能用法式“生无可恋”来形容。

“那时我还幻想，如果看到我，她就会再次爱上我。”

奈尔强忍住笑意：“没错，那张脸对姑娘绝对次次见效。对不起，我真的没有在笑……”

“你是该笑，”法比安说，“我也觉得那时候简直疯了。”

“浪漫的疯狂。我敢说，对法国人而言这算不得什么疯狂的事。”奈尔想了想，“至少你没干出把追踪器放到前女友车里之类的事。”

“好了奈尔，现在该我来问你了。”

奈尔等着他的问题。此时他挪开了手，她却觉得心里空落落的。

“不准问感情问题，”她说，“我成为分手专家是有原因的。”

“好吧……那你告诉我……在你身上发生过最棒的事是什么？”

“最棒的事？我还真没遇到过理想中最棒的事。”

“那说说最糟糕的事吧。”

奈尔觉得心情一瞬间低落了下去。

“你不会想知道的。”

“你不想说？”

她感觉他看着自己，她却看着前方，手紧紧攥着船舵。

“那是……我也不知道。好吧，那是我父亲去世那天，交通事故，肇事者逃逸。我那时十二岁。”

此时此刻，她竟可以直率地说出这件事，仿佛那是发生在别人身上的事。她的声音甚至毫无波澜，好像那件事极不真切，如同它从未将他们的生活击得粉碎，从未像一颗坠落的陨石——在落下若干年后依旧散发着辐射，烧灼着大地。她几乎从未向人提起那些日子，因为没有必要。这件事改变了她的生活轨迹，提起它只会让人用异样的眼光看待自己。她隐约意识到，她也从未和皮特讲过这件事。

“那天，他出门跑步。他一周要跑三次，每周五跑完后，都会去街角的咖啡店吃一顿丰盛的早餐，我母亲总说这完全背离了他跑步的初衷。总之他过马路的时候，有个人开着皮卡闯了红灯，撞断了他的三处脊柱。那天是他的四十二岁生日，我和妈妈等在咖啡店，准备给他一个惊喜。我至今都还记得，自己坐在那里，肚子很饿，但努力不去看菜单，不明白为什么他还不出现。”

“请你千万别说什么傻话，”她在心里默默地对他说，“不要耷拉着脑袋，也不要跟我讲发生在你某个邻居身上的鸡汤故事。”

一阵沉默之后，他的声音悄然响起，又没入了水中：“那真糟糕，对不起。”

“因为这件事，我妈彻底变了，她不再怎么出门。我试着劝她搬家，老房子对她来说太大了，可她就是不肯。”

“但你和你妈妈却走上了完全不同的方向。”

奈尔扭头看着他：“什么？”

“你决定……那话怎么说来着……掌控自己的人生。”

她咽了咽口水：“说到这个，法比安，其实我……”

他的注意力却被上方的什么东西吸引了。

“抓稳了，我们得放慢速度。”

奈尔还没来得及开口，法比安已经放慢了船的速度。奈尔只能跟随他的胳膊，操纵船舵转向。

“那是什么？”

“艺术桥到了。你看到桥上金光闪闪的东西了吗？那是爱情锁，想起来了吗？”

奈尔看着那些小小的挂锁，它们密密麻麻地扣在一起，闪烁着金属光芒，在桥身上鼓出一个个小小的球。这里锁着爱恋和梦想，她突然想知道：在这里许下愿望的人，究竟有多少人仍旧没有分离，有多少人是开心的，又有多少人已经分开，甚至已经死了。她感到法比安正看着自己，突然觉得心里很沉重。

“我也曾计划在这里挂把锁，一把属于我的锁。当我们……当我来的时候。”

她突然感受到包里那把小锁沉甸甸的重量，伸手摸进包里找到了它。她把锁放在身旁的凳子上，盯着它看了好一会儿。

“但你知道吗？这个主意很蠢。在来的火车上，我看到一篇文章上说，由于太多人在桥上挂锁，这座桥正在倒塌。这完全背离了初衷，不是吗？真是件愚不可及的事。”她的声音充满愤怒，连自己都有些吃惊，“像这样不断给所爱的东西施压，只会摧毁它吧？这样做的人真是蠢透了。”

船轻轻地从桥下滑过，法比安抬头观察着，然后用手指了指。

“我的锁应该在……这附近。”他耸耸肩，“你说得没错，那只是块傻乎乎的废铁，毫无意义。”

他低头看了眼手表：“好了……差不多6点了，我们得往回开了。”

半小时后，他们来到酒店门外，站在微寒的晨光中，彼此都有些不好意思。

奈尔脱下肩上的外套，但还依恋着它的温度。

“有关爱情锁的事，”她把外套递给法比安，“说来话长，不过我并不是针对你……”

法比安打断了她：“没关系，我女朋友以前总说我整天胡思乱想，她说得没错。”

“你女朋友？”

“前女友。”

奈尔忍不住笑了：“好吧，我脑子里塞满了匪夷所思的梦境。我觉得……自己好像走进了别人的人生。谢谢你，法比安，这是我度过的最棒的一个夜晚，还有清晨。”

“这是我的荣幸，奈尔。”

他朝她走近一步，眼睛望着彼此，离得那么近。这时，酒店的门童突然出现了，他嘎吱嘎吱地打开门，又把一块门撑拖到路面上。

“早上好，小姐。”

奈尔的手机恰好振动起来，她低头看了一眼。

打给我。

是玛格达发来的消息。

“没事吧？”法比安问。

奈尔把手机塞回后面的口袋：“嗯……没事的。”

她心不在焉地瞄了一眼身后，内心深处也奇怪，玛格达为什么在这个时间联系她呢？

“你最好去睡一会儿。”法比安温柔地说，他的下巴已经冒出了胡茬，但看起来依旧神采奕奕。奈尔不禁猜想，此刻的自己该不会像匹哀伤的小马吧。想到这里，她不由自主地揉揉鼻子。

“奈尔？”

“怎么？”

“你愿意……我是说……为了充实你的巴黎体验，今晚你愿意和我共进晚餐吗？”

奈尔笑了：“我很乐意。”

“那我晚上7点来接你。”

奈尔目送他骑上了摩托车。

走进酒店的路上，她的嘴角始终上扬。

此时，皮特坐在玛格达的汽车后座上，被翠西和苏伊夹在中间。这个姿势他已经足足维持了四十五分钟，酒几乎全醒了。他被三个怒气冲冲、清醒异常的女人完全控制了，她们把他从酒吧绑出来，沿着海滨区走了二十分钟，一路押上玛格达的车。

“我有过那么多任糟糕的男友，基本上算是渣男收集器了，也从没听过这样的事。”玛格达气愤地拍着方向盘，车子不知不觉滑到了路中央。

“你明明知道，奈尔总是紧张又焦虑。她甚至连晚班车都不会去坐，除非查到那趟车准确的停靠位置。”

玛格达转过身来，瞪着皮特：“你让她一个人去巴黎？到底在想些什么！”

“我又没求她去巴黎。”皮特说。

“那你就告诉她不去啊！”坐在皮特左侧的苏伊说，“你就说‘不，奈尔，我不想和你去巴黎’，这很难吗！”

皮特扭头看向另一边：“你们要带我去哪儿？”

“闭嘴，皮特。”翠西说，“你没资格问话。”

“我并不是坏人。”皮特低声抱怨。

“呵！”翠西说，“‘我并不是坏人’这种老生常谈，我非常讨厌。这让我浑身难受。你听过多少次‘我并不是坏人’了，苏伊？”

“多得数不清了，”苏伊抱起胳膊，“在跟我朋友上了床之后，或者偷吃了我的德国香肠之后，他们通常会说这句话。”

“我可从没偷吃过谁的德国香肠。”皮特低声辩解道。

“女朋友给你买了去巴黎的票，你没去，反倒在布莱顿和一帮小子喝酒。皮特，在你的理解里，怎样才算‘坏人’呢？”

“比如弄死小猫之类的？”皮特满怀希望地问。

玛格达噘噘嘴，把车驶入慢车道：“弄死小猫都比不上你这次的罪行。”

“偷吃德国香肠都比不上你这次的罪行。”苏伊补充道。

皮特看到去“盖特威克机场”的路牌，问道：“所以……我们是要去哪里？”

后视镜里，玛格达和苏伊交换了一个眼色。

下午1点15分，已经过了午饭时间。奈尔醒了，她已意识到自己身在何处，睡眼惺忪地眨眨眼睛，又舒服地伸了个懒腰。很奇怪，这间酒店的顶层小房间让她有了家的感觉。她采买的巴黎时装整齐地挂在衣柜里，化妆品一如昨晚——散乱地铺满架子。她慢慢爬下床，倾听陌生街道的种种声响，尽管才补了一小会儿觉，却已精神奕奕，好像被施了魔法一样。

她略加思考，穿上几件法式风情的衣服，在镜子前展示了一番。她还有几个小时来享受巴黎，还要去见法比安，度过在巴黎的最后一夜。她哼着歌爬进浴缸，冷水流下时，不禁笑了起来。

奈尔漫步在巴黎街头，似乎要把这里逛遍了。她走过一排排街区，穿过好几个集市，瞧着那些光泽鲜亮的果蔬。这是她曾经走过的路，却与之前的感受截然不同。一个小贩塞给她一个李子试吃，于是奈尔买了一小袋当作早午餐。

她坐在塞纳河畔的长椅上，看着来来去去的游船，吃掉了三个李子。与此同时，她也回味起昨晚手握船舵的感觉，以及月光潋滟的水面……

她把水果袋夹在胳膊下，好像自己常常这么做似的，然后搭乘地铁，前往攻略书上推荐的旧物集市。她在那些旧物摊中逛了一个小时，拣出几件曾被人喜爱过的小物件，心里换算完英镑的价格，又把它们放回原处。

她以过客的身份在这座城市里漫步，鼻子里填满街头美食的香气，耳朵里也塞满陌生的语言。她觉察到某种东西不经意地改变了自己，感到与周遭的一切有了联结——自己又活了过来。

在回去的巷子里，她又听见了上次的大提琴演奏，琴声低沉、洪亮又美妙。奈尔在敞开的窗户下驻足，坐在街边侧耳倾听，毫不在意路人不解的神情。这一次琴声停止时，她不由自主地站起来鼓掌，整条小巷都回荡着她的掌声。女孩出现在阳台上，她朝下看去，露出吃惊的表情。奈尔回以微笑，过了一会儿，女孩也露出了笑容，朝她微微鞠了一躬。

在走回酒店的路上，那悠扬的琴声始终在奈尔耳边回荡。

机场售票处的工作人员不明所以地看着眼前的景象：一个衣衫不整的男人被三个女人团团围住。

玛格达满脸堆笑地说："这位先生想买张去巴黎的机票，越快越好，谢谢。"

售票员看了一眼电脑屏幕："好的，先生。我们可以提供……一小时十分钟后，英国航空前往戴高乐机场的位子。"

"他就要这个。"玛格达连忙说，"请问多少钱？"

"单程票吗？那是……一百四十八英镑。"

"开什么玩笑！"皮特说。自从他们进了机场，他还没开过口。

"把你的钱包拿出来，皮特。"玛格达用一种不容反驳的声音说道。

售票员脸上出现了担忧。

玛格达打开皮特的钱包，把钱数出来放在桌上，挨在他护照旁边。

"一百一十英镑！那是我过整个周末的钱。"皮特抗议。

玛格达把手伸进自己的包里。

"给，我有二十。他在巴黎还得用点现金，姑娘们？"

玛格达等着另外两人翻出包里的零钱，又把钱仔细数了出来，凑够了机票钱。售票员一边观察皮特，一边把钱慢慢拢到她身前。

"先生，"她问，"您是……自愿乘坐这趟航班的吗？"

"他是。"玛格达说。

“这也太无理取闹了。”皮特站在那儿，看起来闷闷不乐，一副被逼无奈的样子。

售票员终于忍不住了：“如果这位先生不是自愿的，我不能售出这张机票。”

空气突然安静下来，姑娘们交换了一个眼色。他们身后的买票队伍已经排起了长龙。

“哦，跟她解释下，玛格达。”苏伊说。

玛格达倾身向前：“售票员小姐，我们的好朋友奈尔，是个神经质的旅客。”

“她做什么都很神经质。”翠西补充道。

“不管干什么她都会紧张焦虑，”玛格达说，“陌生的地方，异国入侵，高空坠物都会让她担心和恐惧。她和这位先生原本计划去巴黎度过一个浪漫的周末，这对她来说简直是不可思议的决定。这位先生却放了她鸽子，反而约了帮狐朋狗友去布莱顿喝酒。现在，我们那位善良的友人正独自待在陌生的城市，恐怕吓得连酒店房门都不敢出，更别提她完全不会讲法语了，现在她一定觉得自己是全世界最傻的傻瓜。所以我们觉得，如果这位皮特先生搭乘你们的航班，给他女朋友一个浪漫的巴黎二十四小时之旅，是个不错的主意。也许这看起来有点强人所难，初衷却是好的。”玛格达退后一步，“这完全是出于爱。”

又是一阵短暂的沉默。售票员盯着他们四人看了又看。

“好吧，”终于她说道，“我这就打电话叫保安。”

“哎，至于吗！”玛格达叫了起来，双手朝空中一挥，“真的假的？”

皮特露出一抹小人得志的笑容。

售票员拿起听筒，拨了一串号码。她抬头看着皮特。“是的，我想如果能确保你们这位朋友上飞机的话，那会更好。”她对着话筒说道，“请一位安保员到十一号柜台来一下，好吗？”

她办理好机票，和护照一起递给皮特。一位不苟言笑的安保员来到柜台旁。

“我们得确保这位先生安全抵达五十六号登机口。先生，走吧，这是您的登机牌。”售票员说道。

香草碎末散发的香味从厨房的窗户飘散出来。法比安和父亲克莱蒙并肩站着，正在准备晚餐；埃米尔把一张桌子和几把椅子从落地窗户那里搬了出去，放到铺满鹅卵石的小庭院里。

“不是那些椅子，埃米尔，你就不能找些舒服的椅子来吗？”法比安一反常态，看起来十分紧张，皮肤都涨红了。

“这些椅子挺不错啊。”埃米尔答道。

“还有鸭子。爸爸，你没忘记腌泡汁吧？”

埃米尔和克莱蒙相互看了一眼。

克莱蒙走向冰箱：“现在我儿子觉得他可以教我怎么煮鸭子了。没错，我当然准备了腌泡汁。”

“我只是希望它特别一点，”法比安打开抽屉，翻箱倒柜地找了一通，“呈现一顿完美的传统法餐。我们要不要放些小灯泡在树上，埃米尔？你还留着那些圣诞灯泡吗？那种白色的，不是彩灯。”

“在楼梯下面的盒子里。”埃米尔看向法比安的方向，法比安却不在了。几分钟后再出现时，他手里拿着捆纠缠在一起的灯和线，整个人像着了魔似的。他走到屋外，爬到桌子上把灯挂上高高的枝头，然后挪动桌子和椅子，从各个不同的角度仔细调整，直到自己满意为止。为了确认没有问题，又挪动了几下。

克莱蒙不动声色地看着他，低声说道：“这一切只是为了一个两面之缘的女人！”

“别不高兴，克莱蒙。”埃米尔递给他几颗大蒜，“你知道这意味着什么……”

他们面面相觑。

“这意味着再也不用听到桑德里娜了！”

克莱蒙反应过来，一把扯掉围裙：“我还得上鱼市再买点牡蛎回来。”

埃米尔则继续切菜：“好主意。我要在苹果派里再加点上好的苹果白兰地。”

奈尔推开服装店的门，门铃发出令人愉悦的叮当声响。

“你好！”她说，“我想要那条裙子，菠萝图案的那条。”

店员立刻认出她来。

“小姐，”她一字一顿地说，“价格没变，依旧是——您是怎么说来着？……穿一次三十英镑的价格！”

奈尔进门后，关上了身后的门。她看起来容光焕发，嘴里还有一股熟李子的味道。

“我想过你说的话了，有时候就要为单纯的快乐而做点事，对吧？”

奈尔还没来得及往里走，店员已经从柜台后走了出来：“那么小姐，您得来一套内衣搭配这条裙子。”

一小时后，奈尔沿着优城酒店的木制楼梯逐级而下，绿菠萝裙的裙摆随着脚步摆动起来，她喜欢这种感觉。走到楼下时，她停住脚步，检查是不是带齐了所有东西，然后抬起头来，看到玛丽安娜正看着自己——她扬起下巴，对她赞许地点点头。

“您看起来美极了，小姐。”

奈尔走过去，俯身靠在柜台上，悄悄对玛丽安娜说：“我连内衣都买了，这下得靠粗茶淡饭打发接下来的两个月了。”

玛丽安娜边整理文件，边笑着说：“现在您是个货真价实的巴黎女孩了，恭喜。”

她走出酒店时，法比安正好骑着摩托车赶到，他盯着她看了好一会儿，她则任由他看着，清楚自己一定让他很惊讶。法比安果然带来了她的外套，接过去的时候，她注意到他脚上的深蓝色的绒革皮鞋——透着一股难以言喻的法国范儿。

“我喜欢你的鞋子！”

“刚买的。”

“今天？”

“我总不能穿着上班的鞋吧。”

想起这事，她还有点低落：“都怪我把酒洒在你鞋上了。”

法比安看着她，好像她完全搞错了一样：“不是的！因为今天我要和一个英国女孩在巴黎共进晚餐。”

奈尔在他凝望的眼神中笑了起来。

他从摩托车上下来，锁好车，伸出一条手臂，说道：“离这儿不远，今晚我们走着去吧？”

深秋的巴黎，暮色温柔。尽管天微微有些冷，奈尔还是把外套搭在了手上，因为实在太喜欢那条菠萝裙了。而且她想，这正是“巴黎女孩”会做的事。

他们悠闲地散着步，仿佛有的是时间。他们在商店橱窗前驻足，还不时指着头顶上华美的建筑雕刻。奈尔真希望能把这个夜晚装进瓶中，将这份感受定格收藏。

“你知道吗，”奈尔说，“我一直想着昨晚发生的事。”

“我也是。”法比安答道。

他将手伸进口袋，掏出一个小挂锁：“你把这个忘在船上了。”

奈尔看了一眼，耸耸肩：“丢掉吧，它已经毫无意义了。”

奈尔蹲下逗弄一只经过的小狗，没看到法比安又把挂锁揣回了口袋。

“你都想了些什么？”他问。

“关于你父亲和他的船。”她直起身，“我在想，他不应该和大型观光船竞争。你们应该做点与众不同的事，比如，为情侣提供巴黎的私人体验。你们可以在网上打广告，给人们展示你曾经给我看的那些，谈谈历史，或者还可以预备美食和美酒？那简直就是天堂了。昨晚你和我……那已经非常……”她的声音渐渐低了下去。

“你觉得昨晚很浪漫？”

她突然觉得自己很傻：“我不是那个意思……”

他们朝前走去，谁也没有看对方的眼睛，彼此都感到一股莫名的尴尬。

“这主意不错，奈尔。”法比安开口，大约是想打破沉默，“我会和父亲说的，也许我们可以做点宣传。”

“而且你得挑一家好网站，这样世界各地的人都可以直接预订。巴黎是浪漫之都吧？而你可以让这份浪漫更迷人。”她发现自己一反常态地健谈，声音也抬高了，一路上都在指手画脚。

“私人定制的旅行。”他仔细琢磨着，“我喜欢这主意。你……让一切听起来都有了可能。噢！我们到了！好啦，现在你得闭上双眼，挽着我的胳膊……”

他停在一个院子的转角处，地上铺满了鹅卵石。奈尔刚闭上眼睛，又突然睁开了，因为包里传来一阵振动。她打算无视，法比安却示意她接听。他可不想过会儿重要的一刻被打扰。她冲他抱歉一笑，拿出了手机。

看到屏幕时，她整个人都呆住了。

“没事吧？”法比安等了一会儿，问道。

“没事。”她答道，抬起一只手捂住了脸。“其实……”她说，“不，我想我必须要走了，真的非常抱歉。”

“走？”法比安说，“你不能走，奈尔！夜晚才刚开始呢！”

她的表情说明事出突然。

“我……真的很抱歉，发生了一些事……”她拿起包和外套，“有个人突然要见我，我得……”

他低头看着她，从她脸上明白了一切：“你有男朋友。”

“算是吧，嗯。”她咬着嘴唇。

心中涌起的失望令他震惊。

“他来了酒店。”

“你想我送你去吗？”

“不了，我可以自己走过去。”

他们沉默地站了一会儿。他终于抬起手，向前指了指：“好吧，你沿着这条路走到教堂，然后左转，酒店就在那条路上。”

她不敢直视他的眼睛，最后一刻还是抬起了头来。

“我真的……很抱歉。”她说，“我度过了一段难忘的时光。谢谢你。”

他耸耸肩用法语说：“这没什么。”

“这没什么。”她用英语重复道。

然而，怎么可能没什么呢。他意识到自己不能问她要电话号码，现在不能，此刻唯有道别。

她又看了他一眼，依依不舍地转过身，用一种近乎奔跑的步调，朝着教堂奔去，包在身后飞扬起来。

法比安目送她离开，然后转身绕到庭院。在小庭院里，埃米尔站在餐桌旁，穿着侍者的全套制服。餐桌布置成了两人位，桌上躺着一瓶正在冰镇的香槟，如梦似幻的灯光在枝头闪闪烁烁。

“嗒——哒！”埃米尔惊喜似的说，“我正想你们是不是一辈子都走不到了呢！快点儿！鸭子快柴了……”他朝法比安身旁探头望去：“怎么了？她人呢？”

“她来不了了。”

“但……她去哪里了？你有告诉她我们准备的这一切吗？”

法比安无力地瘫坐在椅子上。过了会儿，又俯身吹灭了桌上的蜡烛。埃米尔看着自己的朋友，扯下搭在肩头的茶巾，拉开另一把椅子坐了下来。

“好吧，你跟我，咱们去酒吧。”

“我没那个心情。”

“你喝酒，我跳舞。然后你回家写点热情洋溢的东西，把对英国女人薄情天性的怒气都发泄出来。”

法比安直愣愣地望着他，叹了一口气，完全提不起精神。

埃米尔却竖起一根手指，说道：“不过，先让我把这些吃的放回冰箱。我们回头还可以吃。来吧，别用那种眼神看我！鸭子可是六块五一公斤呢！”他抬起椅子放回屋内：“再说，我虽然不想承认，可你老爹做的腌泡汁真是没的说！”

Chapter 10

他在前台等着，岔着腿坐在那里，胳膊搭在沙发靠背上，看见她进来也没有起身：“宝贝！”

她愣住了，看了一眼玛丽安娜，后者正在认真处理一堆文件。

“很惊喜吧！”

“你怎么来了？”

“我们可以把巴黎周末之旅变成巴黎一夜，不错吧？”

她站在前台区域的最中间：“可你说来不了了。”

“你是了解我的，我总爱制造惊喜。怎么能让你一个人待在这里，和那些只知道吃奶酪的法国佬为伍呢！”

她觉得自己正看着一个陌生人，曾觉得很酷的一切——他的长发，还有那身褪色的牛仔裤和T恤衫——此刻与这间优雅的酒店如此格格不入。

好了，她对自己说。他大老远过来，做了她一直期待的事，没有功劳也有苦劳。

“你看起来真棒，裙子很可爱！能给我个热烈的欢迎吗？”

她走上前去，吻了他。他身上带着一股烟草味。

“对不起……我只是有点吃惊。”

“我就喜欢随时给你制造点情况，对吧？好了，我们现在把东西都丢到房间，然后去喝一杯？或者我们可以整晚都待在房间里，让他们送点吃的来？”他笑着挑起眉毛。奈尔留意到前台玛丽安娜的眼神——她看着皮特，好像是看着顾客脚上带进酒店的脏东西一样。

他没有刮胡子，奈尔想。他甚至没有刮胡子。

“他们不提供送餐服务，只有早餐。”

“什么？”

“这家酒店不提供送餐服务。”

“每个地方都提供送餐服务，”皮特说，“这算哪门子酒店啊？”

奈尔不敢去看玛丽安娜的脸。

“入乡随俗吧。既然……你已经身在巴黎，为什么还要在房间里吃东西？”

皮特耸耸肩，从座位上站起来：“好吧，随便。”

这时她才注意到他的脚。

“怎么了？”他迎上她的目光。

“你没有换鞋。”她说，“你来巴黎和我共度浪漫的周末，却穿着人字拖。”

他的声音变得急躁起来。

“什么？你不会告诉我，因为我穿着人字拖，这边的高级法餐厅就会禁止我入内吧？”

奈尔努力不去看他的脚。

“奈尔，你怎么回事啊？这可不是我想要的欢迎方式。”

她拼命让自己冷静下来，深呼吸，勉强挤出个微笑。“好吧，”她尽力安抚他道，“你是对的，来了就很好了，我们上楼去吧。”

他们刚走过前台区域，奈尔却又站住了。皮特回过头来，这回他是真的不耐烦了。

“还有一件事，”她说，“我只是……我只想知道……你怎么又来了？之前明明说来不了了，短信上说得很清楚。”

“这个……我不想让你一个人在这里。你对很多事情都很焦虑，尤其是计划有变的时候。”

“可周五晚上，你却留我一个人在这里，还有昨天晚上。”

他看起来有些尴尬：“是的，没错。”

有好一会儿，两人谁都没开口。

“没错……什么？”

他挠了挠头，露出招牌式的迷人微笑：“我们非得现在扯这些吗？我才从飞机上下来，咱们先上楼睡一觉，然后去打卡巴黎的热门景点，怎么样？来吧宝贝，这张机票可花了不少钱呢，出来玩就高高兴兴的吧。”

奈尔看他朝自己伸出了手，不太情愿地把房间钥匙递给了他。他挎着旅行包，转身沿木质楼梯向上走去。

“小姐。”

奈尔茫然地回头，已经忘了玛丽安娜还站在那里。

“您朋友给您留言了。”

“法比安？”她按捺不住内心的希冀，声音里带着掩饰不住的雀跃。

“不，是个女人。就在刚才你出去的时候。”玛丽安娜递给她一张带有酒店抬头的字条。

皮特来了，咱教训了他一顿。

对不起，我们也不知如何是好。

希望余下的时间万事顺利。

翠西

奈尔盯着字条，又看了眼楼梯间，然后转向玛丽安娜。

楼道里传来皮特的脚步声。

她把字条坚定地塞进了口袋。

“玛丽安娜，能告诉我哪里可以打到车吗？”她问。

“乐意效劳。”玛丽安娜说。

她身上只有四十欧，却给司机塞了二十欧，钻出计程车时，连找零都没要。

酒吧里光线昏暗，人头攒动，到处都是酒瓶。她在拥挤的人群里，找寻那张熟悉的脸，鼻腔里混杂着汗水和香水的味道。他们坐过的那张桌子现在坐满了陌生人，丝毫没有他的踪影。

她跑上楼，这里相对安静些，客人坐在沙发上聊天，但他还是不在这儿。她奋力挤出人群，回到楼下的吧台。

“打扰一下！”

酒保终于留意到她了，她赶紧说道：“你好！我的朋友来过这儿。你见到他了吗？”

酒保眯起眼睛，点点头表示有印象：“法比安？”

“是的！是的！”他们当然都认识他。

“他走了。”

她心里一沉，他们就这样错过了。酒保俯身去给别人倒酒。

“见鬼！”她像法国人一样叹着气，整个人都被失望吞没了。

酒保又出现在她身旁，手里拿着一杯酒："你可以去野猫酒吧试试，最后一趴他和埃米尔经常去那里。"

"野猫酒吧？在哪里？"

"绅士大街……"酒保的声音被一阵大笑淹没，他转向另一边，探身去听客人点单。

奈尔从酒吧跑了出来，在街上拦了辆出租车。

"快！"她说。

司机是个亚洲人，他从后视镜里看着她，等她说出地址。

"野猫酒吧。"她说，"在绅士大街之类的地方。你知道在哪里吧？"

司机从座位上转过身，用法语问道："什么？"

"野猫，酒吧，俱乐部，野性的，猫。"

她提高嗓门，司机却还是摇头。奈尔无奈地双手捂脸，然后摇下车窗，冲着酒吧外马路边上的两个年轻人喊道："请问！你们知道野猫酒吧吗？野猫酒吧？"

其中一个点点头，扬起下巴："你想带我们一起去吗？"

她打量了他们一眼——醉醺醺，笑嘻嘻，模样轻浮。但她还是下了决定："行啊，如果你们知道在哪里的话。"

"我们带你去！"

他们跳进车里，笑容中带着醉意，还跟她握手。她谢绝了坐在那个矮个子腿上的邀请，但接过了另一个人递来的薄荷糖。

她挤在他们中间，呼吸着酒精和烟草的味道。

"那家酒吧不错，你去过？"最先和她说话的那个人俯过身，笑嘻嘻地和她握手。

“没有。”她说。

他们把地址告诉了司机。她坐在挤满陌生人的车内，朝后一靠，等待下一个终点。

Chapter 11

“再来一杯。来吧，喝了就痛快了。”埃米尔一把拍在法比安肩上。

“我真的没心情。”

“她有男朋友了，很正常！你可别为这个就消沉，才认识她两天而已。”

“你根本不了解她。”雷尼也说。

法比安闷头干掉了啤酒。

“你也太当回事儿了吧？不过，这说明你已经放下桑德里娜了。这是好事！况且你还是个帅哥……”

“超帅的。”雷尼补充道。

法比安皱了皱眉。

“怎么？”埃米尔抗议道，“我就不能欣赏男性魅力了吗？法比安，哥们！我要是个女人，肯定早就扑上来了！会对你死缠烂打，非你不可！那又怎么样！”

“过了吧。”雷尼说。

“好吧。反正女人真走运，可惜我的取向不允许。不过没事！咱们还能找别的女人！至少，现在知道又多了哪个女人不能碰了。”

“谢了，埃米尔。我喝完这杯就走，明天还得上班。”

埃米尔耸耸肩，举起酒瓶，转身去找刚才聊天的姑娘。

这是在所难免的，法比安想。和埃米尔一起开怀大笑的红发姑娘，埃米尔已经喜欢好几年了，但一直不确定她有多喜欢自己，这让他闷闷不乐，好在他总能找到新乐子。“嘿！让我们玩个痛快吧！”这是他的口头禅。

别说别人了，法比安暗骂自己：总比你这个倒霉蛋强。

他对接下来会发生的事隐约有些不安：在公寓房间里度过一个个漫漫长夜，再也提不起精神完成那部“鸿篇巨制”。因为奈尔的中途辞别，他心中充斥着失望，也责怪自己不切实际的痴心妄想。他甚至不能怪她，因为从未问过她是否有男朋友，像她这样的姑娘，当然名花有主了。

法比安的情绪低落到了谷底，是该回家了。他不想把这种情绪传染给别人，于是拍拍埃米尔的肩，又朝其他人打了声招呼，拉低帽檐走出了酒吧，然后骑上摩托车，其实他不太确定被灌了这么多酒之后还能不能骑车。

他发动摩托车，驶入了街道。

在路的尽头，他听到一声金属落地的脆响，于是停下来低头查看自己的外套。原来奈尔的小挂锁震出口袋掉到了地上，他把锁捡起来，看着它，擦掉了黄铜表面的污渍。街边有个垃圾桶，他犹豫着要不要把它扔进去。这时，他听见了口哨声。

接着，第二声口哨响了起来。

法比安回过头，看到埃米尔站在路边的人群中。他正指着某人，又朝法比安挥着手，示意他回来。

法比安一眼就认出了那歪着的脑袋和站立的姿势，认出了埃米尔身边惊鸿一瞥的那抹“翠绿”。他发了会儿呆，突然绽放出笑容，掉转车头朝她驶去。

埃米尔和奈尔对视了一眼，埃米尔叹气道：“唉，这下我可没鸭子吃了。”

Chapter 12

他们手挽手在空寂无人的街头漫步，走过艺术馆和古老的巨型建筑。此时是凌晨3点45分，尽管她的腿因为跳了舞而疼痛不已，耳朵里还嗡嗡响个不停，但她觉得自己这辈子都没这么轻松过。

他们喝了一整晚的啤酒和龙舌兰，走出野猫酒吧时，走路还有点摇摇晃晃。然而在最后一个半小时，奈尔突然莫名其妙地清醒了。

“奈尔，我不知道要往哪里走。”

她毫不在乎，情愿一直这样走下去。

“我不能回酒店，皮特可能还没走。”

他取笑道：“你都和美国女人做过室友了，他不至于那么糟吧。”

“我情愿和美国女人做室友，哪怕她睡觉打呼。”

她已经把事情的来龙去脉向他和盘托出了。法比安听完，恨不得痛揍皮特一顿。奈尔羞愧地发现，自己竟然很喜欢他这一点。

“现在，我有点同情皮特了，”法比安说，“他千里迢迢到巴黎来找你，你却跟一个‘只知道吃奶酪的法国佬’跑了。”

奈尔咧嘴一笑：“我完全不同情他，这样想是不是坏透了？”

“你真是个冷酷无情的女人。”

她凑他更近了：“嗯，相当无情了。”

法比安伸出手臂搂着她："奈尔，我知道你可能会拒绝，不过我还是想再跟你说一次——如果你愿意，可以去我那里。"

她耳边突然响起母亲的话：你不会是要跟一个陌生男人回家吧？在巴黎？

"你很善解人意，可我不会和你过夜的。我是说，你很好，可是……"

她的话凝固在夜晚的空气里。

"可是你还不了解我。而且，我们都处在'分手守则'里错误的那个阶段。"

她的手揣在口袋里，摩挲那张小小的密码纸："这样好吗？上你家去？"

"这可是你的巴黎周末，奈尔。"他说自己的公寓步行十分钟就到。

她完全不知道接下来会发生什么，这真是太疯狂了。

法比安住在一栋窄楼的顶层，楼下是一个小广场。上楼的台阶上铺满乳白色的石子，楼道里散发着老木头和增亮剂的味道，他们悄声走上楼。法比安说过，晚上10点之后，如果他在楼里发出噪音，这里的几位老太太准会一大早上门来抱怨。但他说自己根本不在乎。他的房东懒得翻新，他才能以低价租到这套公寓，但桑德里娜讨厌这里，他补充道。

他们来到顶层，奈尔终于鼓起勇气问道："法比安，你家不会有连环杀手之类的书吧？"

他打开门，邀她进去，她站在门槛处，张望了一下。

法比安公寓的房间很大。这里有一扇大玻璃窗——可以望见连绵的屋顶；书桌上堆满稿纸，墙上挂着一面古董镜；地板是木质的，也许很久以前上过漆，现在已完全褪色。房间尽头靠墙的位置是张大床，另外一面墙边摆了张小沙发，还有一面墙上贴满了从杂志上剪下来的图片。

“啊，”发现她在看那面墙，他连忙说，“我学生时代贴上去的，一直懒得扯下来。”

一切的一切——书桌、椅子、图片——都透着古怪的趣味。她走来走去，打量搁板上的乌鸦玩偶，看看天花板上垂下来的工业风格吊灯，观察浴室门边摆放的鹅卵石。电视机很小，看起来像二十年前的款式。壁炉上摆着六个玻璃杯和一堆形状各异的盘子。

他伸手挠挠头：“这里还是一团乱，我没想到……”

“这里很好……太棒了。”

“太棒了？”

“我……很喜欢这里，喜欢你布置的方式，每件物品看起来都很有故事。”

他眨眨眼看着她，好像刚发现在另一个人眼里，自己的家可以如此不同。

“稍等一下，”他说，“我得……”他边说边朝浴室走去。

她感到自己变得冲动而任性，仿佛成了另外一个人，这或许是件好事。她脱下外套，理理裙子，在公寓里悠闲地踱步，接着她注意到了窗外——巴黎起伏的屋脊，在月光下半明半暗，仿佛是一句誓言。

她低下头，发现桌上的打印文件下面，放着一堆手稿。有几页布满了污渍，还有的沾着鞋印。她拿起其中一页仔细端详，辨认自己认得的单词。

法比安收拾完浴室出来时，她正拿着第十四页手稿，还在纸堆里搜索第十五页的踪迹。

“翻译给我听听吧。”她说。

“不，我写得不好，我不想……”

“就读这几页，这样我就可以说，‘我在巴黎的时候，一位作家曾把他的作品读给我听过’。这可是巴黎冒险中一项了不起的收获。”

她满脸期待地望着他，这表情让他无法拒绝。

“我还没给任何人看过。”

她拍了拍身旁的沙发：“也许现在是时候了。”

法比安走到窗边，打开了窗。

“那就来吧，你的巴黎冒险还需要‘巴黎的屋顶’。”

“你是让我坐在屋顶上？”奈尔朝外望去，法比安却已经爬了出去。

“好吧！”

奈尔和法比安坐在窗台上，身旁放着半瓶酒。他磕磕绊绊地把小说用英文翻译出来，她靠在他的肩头。

“因为她早已明白，这件事会让他们走到尽头。她内心深处非常清楚，却像无视杂草的人一样无视了这一点，直到杂草长到遮天蔽日才幡然醒悟。”

他突然不读了。

“别停呀。”奈尔说。

“下一页找不到了。总之，我早就说过，写得不好。”

“但你不能停下来。你得回想一下写了什么，补完那些丢掉的情节，再把稿子寄给出版社。你写得真的很好，一定要成为作家。不，你就是作家，只是还没出版过作品。”

他摇了摇头。

“你就是。这部小说很棒。我想……是因为你描写女主角的方式吧。你写出了她的所见所感，我能从她身上看到自己。她……”

他看着她，脸上写满惊讶。

她自己都不知道怎么回事，竟不由自主地靠近他，捧起他的脸，吻了上去。此刻，她身在巴黎，在一个男人的公寓里，这个男人她才刚认识没多久。她从未做过如此疯狂的事。

她被他圈在臂弯里，进入了他的怀抱。

“你真的……太妙了，奈尔。”他忍不住说了点母语。

“你一讲起法语，说什么都显得更动听了。将来我可能会假装自己也有法国口音。”

他斟了两杯酒，每人一杯。他们坐在那里，膝盖靠着膝盖，笑着凝视对方，还谈起了工作和父母。法比安告诉奈尔，今夜让他彻底放下了桑德里娜；奈尔则谈起皮特，一想到皮特走到房门口发现她不见了，她就忍不住笑出声来；他们还想象那个美国女人又出现在房间里——与皮特大眼瞪小眼，更是笑得停不下来。

“你知道吗……桑德里娜离开后，我一度以为自己完了。可昨晚，当我们一起跳舞的时候，我意识到自己只是搞错了。我把‘情绪’误以为是‘不快乐’。”

奈尔伸出手，与他十指相扣：“这个周末皮特没出现时，我也一度万念俱灰。我觉得会被大家耻笑到下个圣诞节——‘奈尔，那个在巴黎被人放鸽子的姑娘’。”

“那现在呢？”法比安柔声问道。

“我觉得……”奈尔用手指摩挲着他的手掌，“我觉得好像爱上了整座城市。”

聊完天，他带她穿过窗户回到房间。她走进厕所，看着镜子里的自己——面容憔悴，披头散发，眼妆早已花了。然而这样的她，却闪耀着一种光芒，满脸都是狡黠和幸福。

她走出来时，发现他正在翻看她的笔记本，她的包则躺在地板上。

她停下脚步：“你在看什么？”

“这是什么？”他指着几行字，问道。

今晚不出门的理由

……

“我是一个杀人犯？可能会勾引你？”

他笑了起来，看起来也有点意外。

“天哪，我可没想到你会看到那个。”

她的耳朵一下子红了。

“它从你包里掉出来了，我原本是想放回去……‘我得装作很随性的样子。’”他惊讶地抬起头。

她觉得简直无地自容：“好吧，其实我不是你想的那种女孩，至少过去不是这样的，我不是个很随性的人，今晚就差点不来了，因为连出租车司机都让我怕得要命。让你对我产生误解，我很……抱歉。”

法比安逐条看完了“清单”，重新抬起头来，带着笑意问：“谁说你让我误解了？”

奈尔等着他说下去。

“在酒吧里跳舞的人难道不是你吗？和陌生人挤在出租车里，满巴黎找我的人不是你吗？把男朋友扔在酒店房间，直接走掉的人不是你吗？”

“是前男友。”奈尔说。

她握住他伸出的手，被他拉入了怀中。他坐在沙发上，奈尔坐在他的膝头，瞧着他漂亮又温柔的面容。

“你就是你，英国来的奈尔，你是你自己决定要成为的那个人。”

窗外渐渐有了天光。他们再次亲吻，或许就这样吻到地老天荒了吧，她早已忘了时间，其实依然醉得不轻吧。他们坐在那里，嘴唇相依，她的指尖勾勒着他的面部轮廓。

“这是我这辈子最棒的夜晚。”她轻声说，“我觉得……自己好像才苏醒过来。”

“我也是。”

他们的唇又靠在了一起。

“不过，我们得到此为止了。”他说，“我想做个绅士，而且也记得你的话，不希望你把我当成杀人犯、性变态，或者……”

奈尔的手指在他的指间缠绕。

“太晚了。”

她从沙发上把他拉了起来。

Chapter 13

就算眼睛没睁开，法比安已经知道自己不同以往了，压抑在心头的重担，在他醒来的这一刻烟消云散。他眨动眼睛，感到口干舌燥，然后用胳膊支起身子，这还是他的房间。他宿醉未醒，试图驱散脑中的迷雾。这时，他听到有人淋浴的声音。

昨晚发生的一切，瞬间涌上心头。

他靠回枕头上，重新整理思绪：他记起在吧台上跳舞的那个女孩，他们并肩在巴黎街头走了很长的路，然后相拥着迎来了黎明，他记起了欢笑，记起写满清单的笔记，记起她甜美的笑脸，也记起她柔软的双腿。

法比安一跃而起，穿上牛仔裤，随手抓起一件毛衣。他走到咖啡壶旁边，煮上咖啡，然后一路小跑下楼，去面包店买了袋羊角面包。他回到公寓，打开门，奈尔正好从浴室出来。她穿着昨晚的那条绿裙子，湿漉漉的头发披在肩头。

两人都呆呆地站着。

“早安。”他说。

“早上好。”她用法语应道。

她似乎在观察他的反应，见他笑了，才绽露出灿烂的笑容。

“我得回酒店了，还要赶火车。现在……不早了。”

他看了看表。

“没错，我也得上班去了。不过，你有时间喝咖啡吧？我还有羊角面包。你得喝完咖啡，吃完羊角面包才算来了巴黎。”

“只要你方便，我就有时间。”

气氛略微有些尴尬，昨晚的轻松正在一点点消散。他们穿戴整齐地爬回床上，坐在被子上，虽然靠在一起，近到足够熟络，却也仅止于此。她小口抿着咖啡，闭上了眼睛。

“味道真好。”她说。

“这样的早晨，不管什么都会觉得好吃吧。”他说。

他们彼此看了一眼。法比安狼吞虎咽，好像从没这么饿过，直到他发现面包快没了才放慢速度，给奈尔递去一个，她却谢绝了。

窗外传来教堂的钟声和小狗吠叫的声音。

“我在想，”他嚼着面包说道，“我可以写个新故事，关于一个女孩的故事，她总给所有事情都写下‘理由清单’。”

“是我就不会写这个故事。”她瞟了他一眼，“没人会相信吧？”

“这是个好故事，她是个很棒的角色，只是太过谨小慎微，总是小心翼翼地掂量一切，比如……”

“利弊得失，支持还是反对。”

“利弊得失，我喜欢这个词。”他说。

“她会遇到些什么？”

“我还没想好，会发生一些事让她做出改变的。”

“嘁！”她大声说。

他舔掉手指上的面包屑，咧嘴一笑。

“没错，嘁！”

“你得把她写得很漂亮。”

“我不用把她写得很漂亮，她本来就很美。”

“还要非常性感。”

“只要看过她在吧台上跳舞的样子，就知道她有多性感了。”

他伸手给她喂了一片面包。片刻之后，他们就接吻了，时间停在了这一刻。转瞬间，面包、工作和火车，都被抛到了脑后。

里沃利大街后面的这条街道异常清静，路上仅有寥寥几个游客，他们正抬头拍摄着街边的建筑。法比安把摩托车停在奈尔的酒店门前，他上班已经迟到了，不过咖啡馆在周一早上并没有多少顾客，通常只有带着狗和报纸的熟客，也有几个前来打发时间、不会久留的旅客，然后人会慢慢多起来，到下午4点咖啡馆里就挤满顾客了。

奈尔松开抱在他腰上的手，从座位上下来，站在摩托车旁边。她取下头盔，递给了他，然后伸手拢了拢被头盔压平的头发。她站在那里，还穿着她的外套和那条皱巴巴的绿裙子。

她看起来疲惫又邋遢，他却只想拥她入怀。

“你确定不要我送你去火车站？你一个人能去吗？还记得我跟你讲的地铁站的事吧？”

“你已经迟到了，我会搞定的。”

他们望着彼此。奈尔把身体的重量从一只脚换到另一只脚，她的包也在身前晃来晃去。法比安发现，自己已经找不到话可以说了。他摘下头盔，挠了挠头发。

“那么……”她说，“我该去拿行李箱了，如果它还在的话。”她的手绞弄着包上的带子。

“去见皮特，你可以吗？真的不想我和你一块儿上去吗？”

“我能搞定他的。”

她皱了皱鼻子，好像搞定皮特只是小菜一碟。法比安真想吻住她的鼻子。

然后他真的这么做了。

“那么……英国来的奈尔，我们……还会见面吗？”

“我不知道，法国来的法比安。我们都不太了解对方，说不定完全没有共同语言。而且我们也生活在不同的国家。”

“这倒是。”

“再说，我们在巴黎度过了完美的两天。如果这份美好被破坏了，多可惜啊。”

“说的也是。”

“另外，你有一大堆事要做呢。你得上班，还得写一本书。你一定得写完，要快点写。我迫不及待地想知道女主角身上发生了哪些事呢！”

她的表情有了些微妙的变化，看起来放松、快乐又自信。他不知道在短短两天里，怎么能改变这么多。他用脚踢着路面，真希望再对她说点什么，实在搞不懂以文字为傲的自己，此刻怎么会张口结舌起来。

她朝身后的酒店望了一眼。

“对了，”她把手伸进包里，掏出笔记本，递给了他，“拿着，就当你的素材吧，我不再需要它了。”

他看着笔记本，小心地收进外套口袋里。她倾身向前，手掌轻抚他的脸颊，再次吻了他。

“再见了，法比安。”她向后退了几步。

“再见了，奈尔。”

他们在空无一人的街上两两相望，直到没办法再继续留下。法比安戴上头盔，在引擎的轰鸣声中，向后挥挥手，朝着里沃利大街驶去。

Chapter 14

走进酒店时，奈尔嘴角还挂着笑容。前台的玛丽安娜依旧坐在整洁的柜台后面，奈尔真不知道她是不是就住在柜台后头——像长颈鹿一样站着就能睡着。她本该为身上还穿着昨晚的裙子感到难为情，却只顾得上笑了。

“早安，小姐。”

“早安。”

“我猜您昨晚一定过得很愉快吧？”

“嗯，没错，”她说，“谢谢你。巴黎真是……有趣得超出我的预期。”玛丽安娜自顾自地点点头，朝奈尔莞尔一笑：“很高兴听您这么说。”

奈尔深吸一口气，朝楼梯看去。尽管她在法比安面前说了很多无畏的话，此刻却仍有一丝害怕。她不想面对皮特的指责和愤怒，甚至还偷偷想过皮特会不会拿她的行李箱出气。他不像会干这种事的人，不过谁又知道呢？她呆呆地站着，好不容易鼓起勇气，准备前往四十二号房间。

“有什么可以为您效劳的吗，小姐？”

奈尔扭过头，微笑着说道：“没事，我……正要上楼去见我朋友。他可能……因为昨晚被冷落而在气头上。”

“那么我只能抱歉地告诉您，他不在房间里。”

“不在？”

“这是本酒店的规定。您离开后，我们不能允许外人在房间里留宿。房间登记在您的名下，所以路易斯不得不请他离开。”

“路易斯？”

玛丽安娜朝门童点点头，后者身材魁梧，个头相当于两个靠背沙发竖起来拼到一起的样子。他正推着一辆堆满行李的小推车，听到自己的名字，向奈尔点头致意。

“所以我朋友没在房里过夜？”

“没有。我们建议他去巴士底广场附近的一家青年旅舍过夜。我猜他不是很高兴。”

“噢！”奈尔伸手捂住了嘴，尽力不当场笑出声来。

“小姐，如果这造成了您的不便，我很抱歉。不过他的名字并不在预订单上，也没有和您一起到达，一旦您离开酒店……就会有安全上的隐患。”奈尔注意到玛丽安娜也在努力强忍笑意，“这是酒店规定。”

“酒店规定，没错。遵守规定很重要。”奈尔说，“那么，嗯，非常感谢。”

“您的钥匙。”玛丽安娜把钥匙递给奈尔。

“谢谢。”

“希望在本酒店下榻，能让您满意。”

“很满意。”奈尔努力控制住想要拥抱她的冲动，“真是太谢谢你了。我会记着的……一直都记着。”

“很高兴听您这么说，小姐。”说完，她又埋头在那堆文件中了。

奈尔慢慢走上楼梯。她刚打开手机，短信就一条条地涌了进来，有不少是大写字母缩写夹带感叹号的，她看都不看就把它们删掉了，没必要为此破坏好心情。而最新的一条，是早上10点发出的，来自玛格达。

你还好吗？我们都等着你回话呢。
昨晚皮特给翠西发了一条超级奇怪的短信。
实在搞不懂发生了什么。

奈尔站在四十二号房间门口，手里攥着房门钥匙，那响彻巴黎的钟声和楼下接待处传来的法语交谈声都传入她耳中，鼻腔里弥漫着增亮剂、咖啡还有自己身上隔夜衣服的味道。她站在那里回味着昨晚发生的事，脸上绽露出微笑，然后回复道：

我经历了一次最棒的假日。

半年后

奈尔的母亲莉莉安穿着自己第二喜欢的行头——紫红色的紧身运动裤——满面春风地沿小径走来，活像一只丰满的火烈鸟。自从她在新家附近的健身房健身以来，就添置了好几套运动服。奈尔会在上班路上捎她一程，每周三次：一次水中健美操，一次冥想放松，还有一次拳击训练。

莉莉安走到奈尔车前，手里拎着一个塑料罐："对不起，刚才忘拿杯托了。你知道今天是练跆拳道吧？"

"知道！"奈尔说，她还在努力适应这位焕然一新的老妈。

"谁能想到我居然是个击打好手呢！"莉莉安系上安全带，"卢卡说，如果我有进步，他就教我练泰拳。这还挺疼的呢。"

她转向奈尔："对了，你的巴黎之行预订好了吗？"

"还没。话说我提过参加升职面试的事吗？"奈尔把车开入主路，"坐稳了。"她开始罗列新职位的各项好处，莉莉安却完全听不进去。

"我不明白你为什么不回巴黎。"莉莉安摇着头，"人生苦短须尽欢。"

"连我骑车去邮局都会担心不已的女人，现在竟能说出这些话。"

莉莉安拉下副驾驶座的后视镜，对着镜子涂起了口红："宝贝，希望某人安安稳稳，跟希望某人什么都不做是完全不同的。”

奈尔打开转向灯，向左转了个弯：“其实我有一大堆事可做呢，而且有些回忆还是封存起来比较好。巴黎完美的三天，完美而浪漫的三天，再回去恐怕只会……”

“回去一趟又不会让你怀孕。”

奈尔突然踩下刹车，转头瞪着母亲。

“怎么？”莉莉安说，“男女之事又不是你们这一代的发明。你还年轻，身体还没下垂，还可以穿小号的少女内衣。那位法国小伙也很可爱，总好过吊儿郎当的皮特·威尔士。”她想了想，继续道，“这么说吧，就连变态连环杀人狂也好过皮特·威尔士。喂，你造成交通堵塞了，赶紧往前开呀。”

她们驶达健身房，奈尔在靠近大门的地方停下车，莉莉安把运动背包从搁脚处拽了出来。

“晚点我会给你打电话的。”奈尔说。

“想想我说的话吧。”

莉莉安刚下车，又从还没关上的车门外探进身子，表情温柔而严肃。

“我要告诉你一些事。你父亲过世后，我就浑浑噩噩的，就像……就像被困住一样。接下来的事你也清楚，浑浑噩噩逐渐变成习以为常。几个月前，你从巴黎回来后性情大变，变得生机勃勃又充满活力。那时我就想，你终于得到一次改变的机会了，多宝贵的机会啊！所以，别走我的老路，别浪费十年的光阴去杞人忧天了，宝贝。我们谁也浪费不起时间了……”

这有些出乎奈尔的意料，她眼里噙满了泪水，恰好此时，莉莉安补充道：“况且，你的女性机能可不会一直坚挺。就好比从超市买了只没熟的桃子，想拿回家催熟，一开始它还硬邦邦的，很快就会变得皱巴巴的，必须扔进垃圾桶。你最好考虑考虑……”

“我得走了，妈。”奈尔说。

“好好考虑考虑呀，宝贝！”莉莉安喊着，关上了副驾驶座的车门，“我爱你！”

每到周二，奈尔都会在公园和姑娘们共进午餐。刚进入五月，气候乍暖还寒，她们却喜欢在露天的公共区找张桌子坐下，以在这里吃三明治的方式迎接早春。

“今晚，我们还是去那家德州烧烤吗？”玛格达问道，她刚经历一场宿醉，所以把鸡蛋三明治推到一边，若有所思地打量一个遛狗的肌肉男。

“我不知道，”奈尔说，“或许可以做点别的。”

“不过今天是周二啊。”玛格达说。

“那又如何？听说了吗，今晚在斗牛场有免费的音乐会？”

“音乐会？”

“奥地利的管弦乐团，不收费。我们可以先去那里，结束后再喝点啤酒。做点别的也挺好，还可以开阔眼界。”

玛格达和苏伊对视了一眼。

“呃……好吧。”玛格达竖起衣领。

“但周二晚上德州烧烤买一送一。”苏伊说。

“对呀！他们家的烧烤酱也超好吃。”翠西补充道。

“行啦！”玛格达望了一眼身后的咖啡店，想看看店门口的长龙有没有缩短的迹象，“我们可以改天再去音乐会。”

当天下午，奈尔站在复印机旁，正为等会儿的演讲准备文件。她的上司刚好经过，他放慢脚步，压低脑袋对她说道：“现在还不能公开，不过我们周五就能知道结果了。”

他挠了挠鼻子：“任何组织都需要平衡，我们认为你是消除不稳定因素的最佳人选。”

“谢谢您，先生。”奈尔说。

“这份责任十分重大，”他站直身子，“我想你还需要些时间，好好权衡利弊得失。”

“利弊得失”这个词像闪电一样击中了她。上司伸出手来，跟她握完手就转身离开了。

奈尔还站在原地，脑袋嗡嗡作响，无力地拿着那几页文件。

几分钟后，她回到办公桌前，看了一圈身后，偷偷在电脑的搜索引擎里输入了“巴黎游船”四个字，然后默默浏览搜索结果，终于找到了这条：

“巴黎玫瑰号”游河之旅

她倾身向前，点击进入，然后瞪大眼睛瞧着眼前的内容。

使你们的巴黎之行成为爱情的见证吧，
在世界上最浪漫的河流中，享受一段私人定制的二人之旅。
我们提供丰盛的美食和香槟，熟知巴黎最美的景点。
你们只需带上彼此！

在简简单单的黑白背景下，放着这几行文字。配图是法比安环抱着笑容满面的父亲。奈尔微微一笑，盯着那张照片看了好一会儿。

现在就预订九月行程！
名额有限，先到先得。

尼尔森先生的秘书突然出现在奈尔身后，把她吓得跳了起来。

“他们在等你了，奈尔。”秘书说，“这看起来不错，准备去度假吗？”

奈尔站在PPT的演示屏幕前，准备结束演讲。她面前站着二十二名毕业生，他们大部分时间都专注地看着她，只是偶尔看看手机。

“总的来说，”她两手紧握，“风险评估在理解和处置风险的过程中扮演着举足轻重的角色，它的目的是防患于未然，然后抓住机遇……谢谢大家，祝你们在车间参观愉快！”

奈尔维持着笑容，准备离开，但看着那些充满期待的脸庞和年轻的肤色，她想到过去的四年半来每月都要进行的这种例行演讲，于是竖起一根手指，又开了口。

“事实上，我还想说点别的。如果你本来就热爱这行，那肯定要好好参观一下工厂。可是你们还年轻，的确得好好想想这对你们来说是不是正确的选择，因为你们还有很多选择，太多了。你们真的想要在二十出头的年纪就沿着公司体制的梯子往上爬吗？是否真能忍受每天8点30分打卡，上班途中连出门喝咖啡都得把外套留在椅子上呢？又或者日复一日地吃着黑麦火腿或者奶油干酪三明治，即使你根本不喜欢奶油干酪！你们不是应该在吧台上跳跳舞，穿着不合脚的鞋去陌生的地方走走，或者去吃点自己想都没想过的食物吗？”她朝房间里扫视一圈，“有谁曾经在吧台上跳过舞吗？”

毕业生们你看看我，我看看你，有两只手试探着举了起来。

“好样的！”奈尔鼓励道，“所以想想吧，你们真的想把生命中最好的时光，用来在塑料产品的质检栏里打钩吗？你们确定？”

她望着那些如梦初醒的听众，转过身来，恰好看到尼尔森先生瞠目结舌的表情，她赶紧补充道：“如果你真的这样想，很好！出门的时候记得填一张申请表！还有……呃……别忘了戴上安全帽！”

奈尔冲出房间，脑袋一片混乱。她的办公隔间边上站着两名同事，见她走来便停止了聊天。

“听说你升职了，奈尔，恭喜。”

“没错。”奈尔开始收拾办公桌，“但我不打算接受。”

“为什么？”瑞伯问，“那项职位不能保证健康和安全吗？”

“肯定不是，她是想要仔细考虑考虑。”

两个男人笑了起来，好像这是他们听过的最好笑的事。奈尔站在那里，等着他们停下来。

“事实上，”她说，“我决定辞职去巴黎，随便找个服务生干柴烈火地滚个床单，就像上次去的时候一样。祝你们愉快，先生们！”

她甜甜地笑着，把装满私人物品的纸箱抱在胸前，一路小跑着出了门，手里打着电话：“妈，听到留言后去旅行代理那里找我，我公司对面的那家。”

克莱蒙和法比安把野餐篮从摩托车后座上抬下来，小心翼翼地搬到船头。

天气清朗，河面上波光粼粼，这片美景仿佛是为了补偿漫长冬季里的离场而存在的。

“你准备玫瑰了吗？”法比安问父亲。

“准备了，”克莱蒙边说边检查救生衣，“但我不确定今天要不要摆玫瑰。”

“为什么？对了，这些果酱面包闻起来真不错，老爸。”

“那是埃米尔拿来的……今天可能是女性恋人，玫瑰太过传统了吧。没准儿她们期待……更时髦的东西。”

“莫非是女性恋人玫瑰？”说完，法比安赶紧躲开父亲扔来的救生衣。

“尽管笑吧，法比安，”克莱蒙说，“细节至关重要。”

“老爸，这是‘巴黎玫瑰号’游河之旅，没有玫瑰怎么行呢？行啦，我得走了，下午4点见。一切顺利！”

克莱蒙一边目送儿子骑上摩托车，一边还在思考着。

“女性恋人玫瑰，”他喃喃自语，“我上哪儿去弄这种玫瑰呢？”

奈尔和母亲朝着“巴黎玫瑰号”的售票亭走去。奈尔正在看手机，抬起头来时，忍不住笑了起来：“船就在那里！是不是很漂亮？”

“啊，”莉莉安说，“还真是挺迷人的。”

她们朝着码头走去。克莱蒙迎了过来，伸出一只手：“女士们，下午好。我是克莱蒙·迪鲍尔，欢迎上船。希望你们在巴黎旅行愉快。”他扶着莉莉安上了船，又伸手去扶正在打量售票亭的奈尔。

“今天，我将带二位游览巴黎最美的景点。现在阳光明媚，你们会爱上这座城市的，一定会流连忘返。需要先来一杯香槟吗？”奈尔有些担心母亲，昨晚她和门童路易斯喝酒喝到凌晨4点。但莉莉安已经欣然接过酒杯。

“当然了，谢谢。我已经爱上这一切了！”

奈尔四下张望起来，就连母亲接过香槟也顾不上了，她的目光扫视着码头上的行人，想要从中找出那张熟悉的脸。

“您需要帮忙吗？”克莱蒙来到奈尔身旁。

“没有，”奈尔回答，“只是……网页上介绍说你们有两个人？”

“您说的是我儿子吧，他今天不在。不过我有大半辈子的经验，绝对能带您饱览巴黎的景点，您不会失望的。来吧……”

奈尔努力挤出了微笑，克莱蒙递来一杯酒，行了个夸张的弯腰礼。他还为莉莉安献上一朵玫瑰，莉莉安接过来闻了闻，称赞了一番。

“您喜欢玫瑰吗？”克莱蒙问。

“当然！”莉莉安答道，“谁会不喜欢？”

“那可说不准……不过也挺好。如果二位都准备好了，我们就要开船啦。”

克莱蒙向她们娓娓介绍塞纳河边的旖旎风光，滔滔不绝地讲述这条不同寻常的河流，还细细介绍了自己精心准备的法式菜肴。莉莉安很快喝完了两杯香槟，已经微醺了，还笑个不停。奈尔看似在听，其实一直注意着岸上的行人，以为能从人群中瞥见他的身影。

莉莉安靠了过来："你可以去咖啡馆找找，说不定他在那里。"

"或许吧。"奈尔低头看着自己的手。

"或许吧？你可不能再逃避了！"

奈尔吞下一口香槟："妈妈，他从没联系过我，可能已经有女朋友了，或者又回到前任身边去了。"

"那你就打个招呼，说很高兴见面，然后再去找个帅气的服务生干柴烈火。"莉莉安朝着满脸惊愕的奈尔大笑起来，"行啦宝贝，这可是巴黎。离家那么远，别太拘束了！哎呀，这香槟让我有点醉了。"

半小时后，莉莉安靠在奈尔肩头，轻声打起呼来。船从巴黎圣母院下方的河面上驶过，奈尔惆怅地望着河面。

"话说1931年，一个女人在圣母院的祭坛上，用她情人的手枪自杀了……"克莱蒙回过头来，"你朋友还好吧？"

"我妈只是兴奋过度，现在困了，她还在适应生活的'快车道'。"

"她是你母亲？"

"是的。我说过要带她来坐坐这条船，说来有些话长。"

克莱蒙歪着脑袋："小姐，我有的是时间。"

奈尔有些犹豫，不确定要告诉他多少。现在看来，一切都那么不可思议：那个长长的周末和她无法放下的感情。她每天都要克制自己不去给他发邮件，这种想联系的冲动每天要涌现四十次。那三天的周末变成她回忆中某种梦幻般的存在，一如她曾经希望的那样。

克莱蒙等待着她开口。

“半年前，”她说，“我曾来过这里，就在这条船上。我可能是爱上了……唉，现在这么说感觉真傻，不过那个周末……确实改变了我。”

克莱蒙打量着她。她觉得自己真是傻得可以。

“小姐，您之前说……您叫什么来着？”

“奈尔。”

“没错，奈尔。我得……不好意思，我有点事要忙。”

她坐了下来，克莱蒙却走向船头，从口袋里拿出手机。奈尔有些后悔跟他说了这些，她扭头看看母亲，莉莉安还在椅垫上张着嘴酣睡。奈尔轻轻摇了摇莉莉安的肩膀，没有任何反应。

“妈，妈妈！你得醒醒了，游河快结束了。”

“结束？”克莱蒙走过来说，“谁说游河快结束了？我们还要再看一圈呢！”

“但你们网页上写着……”

“写着您在巴黎！这样风和日丽的日子，只在街头散步太可惜了！我还没有带你们去看巴黎的新桥呢，你们一定得凑近看看它……”

在巴斯提德大街的咖啡馆里，法比安刚结束工作，他解下围裙，挂到挂钩上。这时手机响了，他看了一眼，摇了摇头。

“你真的打算整个周末都不看手机吗？”埃米尔边问边脱下短袖衫。

“只有这样我才能安心写完小说，编辑催我下周一交稿。”

埃米尔套上干净的衬衫。咖啡馆外，一个女人透过窗户正好撞见赤裸上身的他，有点发愣。埃米尔朝她粲然一笑，女人也笑了笑，然后摇摇头走开了。

“等你下周一交完稿，咱们去喝一杯？”

“好！我再也不想整天盯着电脑屏幕了。”

法比安口袋里的手机又响了起来。

“你真不打算接吗？”

“准是我老爸。他总是纠结于细节，要为女性恋人选什么花之类的事。”

埃米尔拍了拍他的肩：“好吧，哥们，祝你好运。回头见！”

他们拥抱了彼此，然后埃米尔后退一步，细细打量法比安。

“瞧你这家伙，真为你骄傲！我最好的朋友就要出书啦！”

法比安目送着埃米尔远去，手机又响了起来，他叹了口气，打算继续无视。可它不依不饶地响了第三声、第四声、第五声……他有些气恼地掏出手机，看了一眼。下一秒，他便飞奔到了摩托车旁。

克莱蒙操着浓重的法国口音激情澎湃地说个不停，奈尔已经听不太懂了。她有些困惑，坦白说还有点担心。他们在塞纳河上已经游了两圈，克莱蒙却丝毫没有靠岸的意思，莉莉安在奈尔身旁睡得正香。

“我们眼前所见的是艺术桥。您能看到，桥上许多挂锁已经没了，这是因为……”

“迪鲍尔先生，”奈尔倾身向前，在轰隆隆的引擎声中提高了音量，“您真是非常周到，不过在第一遍游河的时候，您就介绍过这里了。”

“可我还没向您介绍过有哪些官员参与了此事吧？他们的名字是整个故事里相当重要的一环。”他看起来有些古怪，透着癫狂，奈尔感到了一丝不安。

“我真得把我母亲送回酒店了，她需要一杯咖啡。”

克莱蒙跌跌撞撞地朝她们走过来：“我有咖啡！您还想来点奶油蛋糕吗？再来点吧。要知道，巴黎有全世界最好的糕点师……”

奈尔恨不得找条救生筏立刻逃走。

就在这时，远处传来了一阵口哨声，她抬起头，不可思议的事发生了：桥上站着的人，正是她魂牵梦萦的那个人！

“噢，谢天谢地。”克莱蒙浑身瘫软地跌坐在船上。

“奈尔？”法比安大声喊道，用力地挥舞着手臂。

她把手搭在额头上，还不太敢相信。

“法比安？”

克莱蒙驾着“巴黎玫瑰号”驶向岸边，法比安沿着桥跑了过来。他一路飞奔，轻盈地跨过围栏。船一靠岸，他就跳了上去，站在奈尔面前。

克莱蒙在一旁看着笑容满面的儿子，然后轻声说道：“我去给太太泡杯咖啡。”

奈尔目不转睛地看着法比安，这正是那个无数次出现在她梦里的男人，那个与她相对而坐，抱着她，和她一起开怀大笑的男人。现在，他就在眼前。

他们语无伦次地相互问候，傻傻地笑着。

“真的是你！”

“真的是我。”

“我父亲说的时候，我还不敢相信。我……带了个东西给你看。”他把手伸进外套口袋，拿出一沓手稿，纸页的边缘都有些磨损了。奈尔接过来，读起了标题。

“假日……巴黎……《巴黎的一个假日》。”

“会有英文版，和法文版的一样。现在万事俱备，出版商和版权代理都有了。他们还想让我再写一本。”

她翻着那沓手稿，听着法比安溢满骄傲的话语，为他完成了这么厚的作品而惊讶不已。

“这个故事……讲了一个女孩孤身来到巴黎，然后发现自己不再孤独了。”

“这里讲的是……”奈尔随意翻开其中一页，“利弊得失。”

她自言自语地点点头：“很好。”然后她合上了文稿。

“你……还好吗？后来……见过桑德里娜吗？”

法比安点点头。奈尔尽量隐藏自己的失望，他当然和桑德里娜见面了，谁会离开法比安这样的男人？

“几周前，她来公寓取回手镯。她对我的变化感到吃惊，你知道的，我开始写书，还做了个网站。”

法比安低头看着自己的脚。

“可是，我看着她时，却只感到……沉重。她对我的期望如此沉重，就像那些挂锁，你还记得吗？于是我意识到，和你的相遇就像是……”

他抬起头来，望着彼此。

“嗯？”奈尔说。

他目不转睛地望进她眼里，然后伸手拍拍口袋。

“瞧……”他说，“我还有东西想给你看。”

奈尔望了眼母亲——她终于在椅子上坐了起来，擦擦眼睛，对着亮光眨了眨眼。

“怎么回事？”莉莉安晕乎乎地问。

“我儿子找到了勇气。”克莱蒙动容地说。

“那些也是我们吃掉的吗？”莉莉安喃喃问道，“上完那道法式肉冻，我就记不太清了。”

法比安把手伸进口袋，掏出一张票递给奈尔。看清上面的内容后，奈尔吃了一惊。

“你本来打算去英国？”

“我本来想给你个惊喜，向你证明，我现在是个有所作为的人了，可以做到自己想做的事；还想告诉你，我已经度过了‘分手守则’里那个阶段。奈尔，就像你说的那样，我们的确不够了解对方，再见面可能会毁了所有美好的回忆，但是……我太想你了。我从不觉得遇见你是个错误，你是我最美好的际遇。”

她牵起他伸过来的手，望着相扣的十指，久久没有挪开目光。她努力克制自己不要幸福地傻笑，但最后全都顾不上了，放肆大笑起来。他们突然走近对方，先笨拙地拥抱了一下，接着迎来了一次漫长的相拥，仿佛要这样抱到海枯石烂。

没有任何东西能把他们分开。吻落在彼此的唇上，谁也不想停下，奈尔已经不在乎还有其他“观众”了，她忘记了呼吸，也忘记了自己。巴黎的市声、法比安的感情、天空和气味全都融为一体，化作她生命的一部分。

他们亲得太久了，在莉莉安的干咳下，才不情不愿地松开对方。

“所以，”奈尔说，“这就是你的小说，你还没说故事的结局是什么呢？”

法比安在她身旁坐下：“我觉得在好的故事里，角色会引领我们走向收梢，尤其是那些随性的角色。”

奈尔看着桥上闪闪发光的挂锁，又望向和迪鲍尔先生喝着咖啡的母亲，然后她转过头来，发现塞纳河在日暮中泛着微光。

“好吧，”她说，“我一直喜欢皆大欢喜的结局。”

Between the Tweets

博客硝烟

“我遇上麻烦了。”男人说道。

“来这儿的人各有各的麻烦。”弗兰克接口。

男人吞吞吐吐地说道：“是一个女人……”

“见怪不怪了。”弗兰克回答。

“她……声称是我的外遇。”男人说。

弗兰克靠向椅背，两手相对，按压着指尖。自从上一任助理告诉他，这样让他显得睿智之后，他就老爱这么做。

“是啊，女人都这样。”

我坐在角落里，目光在手中的咖啡和那男人的肤色间扫了一圈，简直不知道谁更黑一些。这可不是《维特说》或《主妇秀》，而是货真价实的电视明星。我一下认出了这个男人。

“该死，可我从没出过轨！”

迪克兰·崔维斯，也就是《星梦达人秀》的前主持人，他看了看弗兰克，接着又看了看我：“真的，从来没有。”

弗兰克点点头。话说到这份上，他通常都是点头。这意味着他对客户的感同身受，也暗示了真相没什么要紧。来“弗兰克·迪格事务所”的人，哪个不藏着点“秘密”？

“有什么可以为您效劳的，崔维斯先生？”

“这么说吧，我是个有家室的人，声誉都建立在健康正面的形象上。现在，我却陷入了职业生涯中极其敏感的事件里。你们是危机公关专家，我想会有办法取消这个指控的。我可不希望纸媒把这事传开。”

弗兰克不动声色地看我一眼，挑了挑眉毛。

“纸媒是你最不用担心的。”我说。

“贝拉是我们的网络高手，也就是数字业务经理。”弗兰克解释道。

“如今，声誉是网络上的问题了，时代已经不同以往。”

先前，迪克兰·崔维斯大概把我当成了小助理之类的角色。

“听着，崔维斯先生，”我边说边打开笔记本电脑，“我需要你告诉我这个女人的一切信息：电子信箱、博客账号、脸书介绍、快照、聊天昵称，总之她所有的社交网络信息。”

他用一种难以置信的眼神盯着我，我已见怪不怪。

据崔维斯说，这事源于几周前。他的儿子正值青春期，喜欢捣鼓电脑，一时闲极无聊，就在网上搜索父亲的名字，于是发现了一个年轻女人的爆料。女人的推特账号叫“金发贝卡”，头像只露出一双蓝色的眼睛和漂染成浅色的刘海，很难知道她的庐山真面目。我拉下滚动条，看起了她发布的推特文章。

迪克兰·崔维斯：“顾家好男人”人设崩塌。

我做了整整两年迪克兰·崔维斯的情妇，为什么没人相信我？

他总爱摆出一副好男人模样，其实他是个肮脏污秽、撒谎成性的色情狂。他玩弄了我，毁了我的生活。

“你怎么看？”弗兰克走到我身后，盯着我的屏幕。

我皱了皱眉。

“现在，我对她的真实身份一无所知，很难着手。我会试着接触她，看看能不能搞清楚是怎么回事，然后找到她的破绽。”

弗兰克眯起眼睛，扫去我屏幕上的薯片碎屑，说道：“她说的会是实话吗？”

我盯着“金发贝卡”的推特文章——她是个很清楚自己想要什么的女人。

“我不确定她说的是不是实话。”

我注册了新的推特账号，用的是上个世纪八十年代的电视剧《豪门恩怨》中的角色——“爱丽克斯·卡瑞顿”这个名字。玩社交媒体的都是些小年轻，不可能听说过她。

我给她留言道：“大家凭什么相信你？”

没过几分钟就收到了回复：“我为什么要撒谎呢？他都两年没上过电视了，而且还比我大了整整二十岁！”

她说的倒是在理。

“那你图什么呢？”我留言道，“借绯闻谋利？怎么不干脆爆料给小报？你最少能拿到两万英镑的爆料费。”

“我要的不是钱，”她回复说，“我只想说出真相。都是他主动的，还说会和我在一起，结果却甩了我。他是个彻头彻尾的骗子，他就是个……”

对方看起来已经非常愤怒了，但我也了解了事情的大概。

她的账号有一万三千个粉丝，我查了下数据，五天前她才只有六千个粉丝。

“这可不妙。”我告诉弗兰克，“那个女人要的不是钱。”

“没人不是冲着钱来的。”

“她不是。我告诉她爆料可以拿到两万英镑，她却完全没兴趣。”

弗兰克的喉咙里咕哝出一句难听的话，继续道：“那我们可遇上一位难缠的主了，看看有没有办法叫她闭嘴，要是还不行，就要上点手段了。”

这天下午，崔维斯来电，说有两家小报打电话给他对质流言的事。

媒体都对推特青睐有加：只要敲出一百四十个字节，就能第一时间报道著名女星凯莉·卡托娜以及《制造切尔西》里那位红发女郎的最新消息。

他们只消放上一个“迪克兰·崔维斯身陷出轨门”之类的标题，配上五百字添油加醋的文字，再加上一张引人遐想的真人秀女明星照片——当然，照片脸部要做马赛克处理，让人看不出来是谁。

“记者都在我家门口安营扎寨了！”崔维斯在电话那头高声叫道，“我老婆都快疯了，孩子也不理我。我的经纪人说，我和电视台的合约商谈等于被判了死刑。你们得做点什么！”

“我们正在准备声明，”我安慰他道，“必须否认一切，并且表示再有人造谣就要诉诸法律。接下来，我们会建立你的个人推特账号，在上面发布对你有利的信息，像是你和家人的合影之类的，我们还要围困‘贝卡’。不过，崔维斯先生……”

我顿住了，倒不是接下来要讲的话难以启齿，而是我正好打开一袋美味的培根味玉米片。

“什么？”

“你是否已经告诉我们全部真相？如果你有所保留，我们可没法帮你。”

崔维斯发出一阵沉重的鼻息声：“实话告诉你，我根本不认识这个女人，也不明白她为何要这样毁了我！”

不知道为什么，我就是没法相信他的话，倒不是说那些靠绯闻爆料捞一笔的姑娘不存在。总有一些打扮得花枝招展的交际花，为了博人眼球，恨不得说自已跟整个曼联队的球员都有一腿，这样就能火上两个星期，或者上上杂志封面，做客几个真人秀节目。但“金发贝卡”不是这类人，我还没遇到像她一样在乎“真相”的人，这让我如临大敌。

这天晚上，“金发贝卡”的粉丝数已经涨到两万八千人。我给她发了条私信：“我是迪克兰的朋友，我不相信他和你睡过，他是个正人君子。”

“那只是他的一面之词，我有证据。”她回信道。

我静待她的“证据”。

“他的左边屁股上有一块疤，形状就像外星人的头。”

我把这事转告了迪克兰，他听完后脸色大变。“这可能是任何人，”他气急败坏地说，“可能是我的按摩师，也可能是替我做美黑的女技师。”

接着，我把贝卡提到的其他几个生理特征也说了出来。弗兰克听完，眉毛都竖起来了，他打断我的话，说大清早不适合谈这些，然后拉着崔维斯出去，说要小酌几杯。

迪克兰·崔维斯成了“弗兰克·迪格事务所”的噩梦。

第二天，两家报纸公开爆料：一家的标题是《电视名人身陷出轨风波》，配上一张迪克兰妻子出门时脸上愁云笼罩的照片；另一家的标题更直接——《渣男迪克兰？》，配图是迪克兰在早间节目中风光无限的照片，还是精挑细选过的，大多数都有比基尼美女入镜。

“抓紧了，我们要赶在重量级报纸对此做文章之前！只有四十八小时了。”弗兰克挠了挠头。那些大报大概会以《缘何当今男人易出轨》这样冠冕堂皇的题目为幌子，披露更多不堪入目的细节。

崔维斯突然中风了，吞下过量的安定药片，他的经纪人一天要给他打十四通电话。

“金发贝卡”的粉丝数量则涨到了五万四千人。

我花了两天时间，创建了一堆新账号去反驳她。

弗兰克瞪着我说：“这事儿上升到了最紧急状态！”

“他会付钱吧？”我问。

“那是当然。”

于是我打给布兹。“帮我追踪一个账号，”我小声道，“老规矩。”

三小时后，他给我回电。我在平板电脑上潦草地记下地址，然后靠坐在椅子上，盯着刚写下的地址。

这天下午，“金发贝卡”上线了。

我坐进一辆车，点开手机上的推特软件，发送了一条信息：“你好，贝卡。”

“现在相信我了吧？”她回复。

“没错，我相信你跟迪克兰·崔维斯睡过。能出来聊聊吗？”

“我告诉过你，我对媒体没兴趣，才不管他们怎么说。”

“我说的不是媒体。”我敲出一行字，“来车子这儿见我，我就停在你家门口。”

莎莉·崔维斯是个金发美人，就是那种曾被人形容为“朝气蓬勃”，之后变得“性感妖娆”，现在则可以被描述为“被高尔夫俱乐部主席金屋藏娇”的女人。她打开我的车门，等我清扫完副驾座位上的番茄脆角碎片，就坐了进来。

“我得做点什么。”她伸出细细修剪过的手指，点燃一根香烟，吐出一个完美的大烟圈。

“他已经过气了，六个月来，除了《安熙的古董》和《爱宠危机》的假期封面，什么活也没接到。”

“他不知道你是幕后主使？”

“当然不知道，”莎莉疲惫地说，“他是个顽固不化的老古板，算他走运。他要是知道，肯定几周前就出面澄清了。我只是想通过这么一炒，让他的形象更正面，让他的事业重回……巅峰。”

我瞪大眼睛看着她：“他现在焦虑得都崩溃了。”

她半眯着眼，说道：“我知道你觉得我很可怕。但你瞧，我刚刚和他的经纪人通了电话，光这个早上我们就接到了《漫谈》的嘉宾邀请，还有周日的两个独家专访，最棒的是，早间节目也回来找他了——那是他的最爱。”

她脸上浮起一抹微笑：“我知道他现在的日子不好过……我会把孩子们都安顿好。等他意识到自己因祸得福的时候，一定非常高兴。”

她叹了口气，对着窗外又吐出一个完美的烟圈。

“再说了，我可受不了他整天围着我转。贝拉，他快把我逼疯了。”

她转过头来，看着我：“怎么了？”

她的高跟鞋踩在零食包装袋的怪物弗拉佐上，发出嘎吱嘎吱的声响。

“你应该不缺工作吧？”我说。

我下午4点回到办公室。第三大道堵得水泄不通，但我丝毫不慌，一路哼着车上播放的歌曲，吃掉了两大袋“怪物蒙克”牌腌洋葱圈，还思考了忠贞不渝的爱情中掺杂的那种微妙的复杂性。这在我通常的工作中比较少见。

后来，莎莉·崔维斯还和我讨论了半小时。我们达成一致，“金发贝卡”应当突然消失，怎么来，就怎么去。而迪克兰则继续当蒙在鼓里的幸运儿吧，没人会再往他身上泼脏水，这段“风流韵事”在家庭主妇们看来不足为道。然后，我们会用整整四页的版面来报道——迪克兰与莎莉夫妇“二十年婚姻”历久弥坚。妻子们会从中读出对莎莉的同情，丈夫们则会对迪克兰宝刀未老而艳羡不已。我还接触了一家杂志，对方很感兴趣，开出的价码也足够支付“弗兰克·迪格事务所”的开支。

我径直走进弗兰克的办公室，连门都懒得敲，一屁股坐在他那张真皮沙发上。

“你可以告诉迪克兰，贝卡的问题解决了。他只需要坐等工作邀约像雪片一样飞来就好。”

我两脚交叉放在他的玻璃咖啡桌上，故作轻描淡写地说道。

过了一会儿，我才发现他似乎并不高兴。

“怎么啦？”

“你没听语音资讯吗？”

“没。”我说，“它坏了，怎么啦？”

弗兰克把头埋进双手之中：“我没能阻止他。”

“他做了什么？”我问，“弗兰克，我不明白。到底发生什么事了？”

“我没能阻止他公之于众，”弗兰克厌恶地摇了摇头，“你一直是对的，贝拉。几分钟前，迪克兰·崔维斯在电视上公开承认了出轨。这三年来，他和自己的年轻化妆师一直在搞地下情。”

Love in the afternoon

爱在午后

他们被告知2点以后才能入住，不能提前。

前台解释说这是酒店的规矩："其实房间11点就空出来了，但经理说，要是我们给谁开后门……"说完，她还特意使了个眼色。

莎拉点点头。她不介意等待，这让她有时间缓一缓。

她今天可没打算来这里——一座藏身于萨福克郡的四星级酒店，这里有着修剪整齐的草坪，衣衫不整者不得入内。

她原本打算在家度过一个平平常常的周末：整理孩子的校服，清洗他们的饭盒和体育课背包，或许去一趟超市采购。

没想到的是，早餐一结束，道格就闯进了厨房，孩子们在他身后探头探脑。道格夸张地宣布，她应该脱下橡胶手套，好好打扮打扮。

"为什么？"她心不在焉地问道，她正在收听电台广播。

"因为要把孩子们送到奶奶家去，然后我带你去过一次二人世界。"

她不可思议地看着他。

这时，女儿补充道："过你们的结婚纪念日。"

"我们早就知道啦，"小儿子赛思说，"爸爸想给你一个惊喜。"

她脱下橡胶手套。

“我们的结婚纪念日都过了好几周了。”

“这个……那就迟来的纪念日快乐！”他吻了吻她，身后的小儿子赛思假装被他们恶心到了。

“可是……狗怎么办？”她问。

他脸上闪过一丝不悦。

“我们给它留些吃的，也就二十四小时而已。”

“它会很孤单的，说不定还会把家里搞得天翻地覆。”

“那把它也送到奶奶家去。”

可是奶奶不喜欢狗。莎拉打算日后订一束花向老太太道歉。

“我不想离开，”她突然想，“我想好好收拾一下房子，希望你把浴室的电灯开关修好——你都答应两个月了。”

但看到女儿指着一个度假行李箱时，她只好强颜欢笑。

“我已经为你打包好了那条蓝裙子，”女儿塔姆辛说，“还有那双缎面高跟鞋。”

“出发啦，出发啦！”道格拍着手，活像个旅行团的领队。上车后，他的一只手放在她膝上，体贴地问道：“还好吗？”

“你是谁？”她说，“你把我丈夫怎么了？”

孩子们笑起来。到了奶奶家后，他们可以看上一整天的电视，还可以在晚餐前偷喝几杯白葡萄酒。

在酒店房间可以俯瞰湖泊。

房间里摆着一张大床，她从未见过这么大的床。她有些心不在焉，牵挂起孩子们和狗来，真该带着他们一起来的，这房间很大，能住下所有人。

房间里有个小罐头，里面装着茶叶、咖啡，甚至还有手工烘焙的饼干。道格两次提到了这个小罐头——似乎为了强调这座酒店有多棒。

他拍着裤袋翻找零钱，递给了行李员。

当房门关上，只剩夫妻二人时，他们在一片寂静中面面相觑。

“那么……”他说。

“那么……”

“我们现在要不要做点什么？”

他们结婚已经十四年，以前可用不着这句开场白。曾经，或许说十三年前，他们会在下午偷偷溜上床，带上几盘吐司，最终可能根本顾不上吃。世界一刻不停，在一朝一夕间，某些甜蜜的过往就渐渐褪色了。

此刻，她满脑子都是担心：女儿打包时，有没有帮她带上隐形眼镜？自己什么时候才有空洗孩子的校服？

她又留意起丈夫：他正在房间里踱步，把衣服和平整的裤子从行李箱里取了出来，小心地挂在衣架上。

距离他们上一次做爱已经过去五周又两天了。那一次他们草草收场，因为小儿子赛思病了，在楼下大叫着要换羽绒被。她记得当时甚至感到一丝庆幸，就好像上学时有了不上体育课的借口一样。

“你想出去走走吗？”道格问。他透过法式大窗望着外面的景色，“下面看起来挺不错的。”

他真的已经非常尽力了，这一路都大献殷勤，制造惊喜。难道她不该礼尚往来一下吗？

她坐在床边，向后仰去，试图摆出一个诱人的造型，尽力不感到难为情。

“我们可以……待在房里。”她抬起一条腿，意识到自己脸红了。

他转向了她。

“好主意！我们来选部电影吧。”他说，“可以在前台借部片子。他们有《航班蛇患》，我一直想看那部电影。”

下午4点15分。她躺在豪华大床上，看着那部飞机上爬满蛇的电影，身旁的丈夫笑得两脚都抽筋了。她望着窗外湛蓝的天空，不知从什么时候起，他们变成现在这样？第一个孩子出生时还不是这样的。

她还记得护士回访时，直截了当地告诉他们，要尽快恢复亲热。

“孩子一睡你们就上床。”

一周后，在经历初为父母的失败后，这对面无血色的夫妻，圆睁着双眼，收获了上述建议。

“他午睡时你们也可以亲热。”

夫妻俩看看面前的女人，对视一眼，像是要确定眼前的女人疯了似的。亲热？就在被尿布和婴儿的脏衣服淹没的公寓里？就在她身体的某个隐私部位，还会冷不丁溢出点液体的时候？不过他们还是照做了。如今她才意识到，那已是曾经的辉煌。他们的注意力很快转移到新生儿身上，为孩子的到来而欣喜若狂，全神贯注地投入到养育之旅中。

“明天我们什么时候回家？”

“什么？”他从电影里回过神来。

“我才想起来，我们得去托马斯家拿赛思的小提琴。他周五忘拿了，但周一早上有小提琴课。”

“非得现在去想那些吗？”道格有些生气。

“总比想着蟒蛇要好。”她没有刮腿毛，也没有刮腋毛。

她意识到，自己其实并不喜欢“惊喜”。

“你不想看这部电影了？”他观察她的脸色。“没关系，”他说道，“我就知道，你想看凯特·温斯莱特演的那部。”

“不……我只是想在度假前，把手上的事都安排好。”

他压抑住不耐烦，斟酌着说道：“你能不能……忘记……家务……哪怕……五分钟？”

“你突然把我拉出来，让我装作什么也不用管，算怎么回事？”

道格按下遥控器的暂停键，手肘撑起身子。“怎么就不行？”他不依不饶地说，“你怎么就不能暂时不去操心那些事呢？”

“因为总得有人操心，道格。而且这个人通常不会是你。”

道格的脸色都变了：“呵，行吧……”

“我只是就事论事。”

“行，那我到底该怎么做？”他说，“你总是抱怨我不解风情，现在我做了你一直想要的——带你来过二人世界，你却没完没了地说什么小提琴课，最后还怪起我来了。”

“二人世界？在房间里看一部全是蛇的电影也叫二人世界？天啊，道格！连这都叫浪漫的话，你不浪漫的时候可更没救了。”

他瞪着她，意识到两人之间有了僵持的迹象。

“好吧，那你想怎么样？”

“我想……”她刚一开口，便吁出一口气，手指捻着丝缎床单，“我想……”

他全神贯注地看着她："哦，你是想做那事……"

她生气地别过头去："你说得好像我要做什么奇怪的事。"

"你想做爱，行啊。"他耸耸肩，"我们可以过会儿再把电影看完。"

"呵呵，你可真是个情圣。"

"该死，莎拉！那我该怎么说？"

"行了，"她怒不可遏地喊道，"行了！"

"不，你看吧，不管我说什么，做什么，都是错的。"

道格愤愤地关掉电视，仿佛在抗议。他们一声不吭地坐着，静得连房门外远远的声音都能听见：走廊里零星的脚步声，餐盘被端来端去的咔哒声。她默默地注意到，道格的肚子已经撑到皮带都绷紧了。他不愿意买大一号的裤子，就算他显然更适合穿大一号。孩子们都偷偷管他叫"大号马芬蛋糕"。

"我们订了8点去用晚餐，"终于，他打破了沉默，"这家的食物应该不错。"

"好。"

"我让女儿帮忙打包了你那条蓝裙子——我喜欢的那条。"

"说实话，那条裙子不是很适合我，"她好言应道，"她有没有再打包点别的衣服？"要是她穿上那条蓝裙子，可就没法吃东西了——如果她不想把裙子撑破的话。

"不知道。我们可以先下楼待一会儿。"他说，"我猜这里的下午茶也不错，你可以在草坪上喝喝茶。"

她摇摇头，脑子里都是卡路里满满的甜点，诱人的糖浆……

裙子准会撑破的。

"我们已经订了晚上的大餐了。"

“那么……”他拍拍床，露出试探性的微笑，“你想那个吗？”

一阵漫长的沉默。

她抱着双膝：“说实话，不想。现在不想。”

他翻了个白眼：“那你想做什么？”

“别给我摆脸色。”她说。

“什么脸色？”

“这么多年来，道格，你从来不记得我的生日，也不记得结婚纪念日和情人节，现在突然大手一挥，一切就该美美满满了吗？躺在一张豪华大床上看看电影，以前的事就一笔勾销了？”

他一下坐了起来，背对着她，两腿在床边乱晃。

“得了，都是我的错。我每天披星戴月地工作，挣钱养家，还帮忙照顾孩子。想给咱俩一次放松的二人世界，可到头来，却什么都无法让你满意。”

“我领情了。”她反驳道，“但现在是白天，感觉怪怪的，太单刀直入了……”

“我们可没有两周的长假。我究竟该怎么做？！莎拉，我做什么你都不满意。”

“别把这些都赖在我身上，”她抽泣起来，“我现在提不起兴致，不能全赖我。一个巴掌拍不响，你知道的。”

“好啊！”他喊道，“那就算了吧，我们打道回府得了。我先去上个厕所。”说完，他“砰”的一声关上厕所的门。

“你忘了填字游戏！”她没好气地说道，把报纸扔了出去。

世界又安静下来。

她看着镜中的自己——那个满面怒容、疲惫不堪，穿着淡蓝色衬衫的女人。看着看着，她突然想到另一个女人：蓬头乱发却生气勃勃，一逮住机会就会和老公卿卿我我一番。她就是莎拉的邻居凯丝。凯丝曾经告诉她，自己和丈夫经常在送完孩子上学之后抓紧时间做一次。

“我们六分钟就完事，”凯丝说，“这样他就能赶上8点40分上班。”

莎拉试着朝镜子噘起嘴，很快又觉得这样太傻了。

突然，响起一阵敲门声，把她吓了一跳。

“客房服务。”

厕所的通风扇转个不停，道格听不见外面的声音。她打开门，侍者推着装有香槟和酒杯的餐车进了房间。

“尼克尔斯先生和太太。”他问候道。

“噢！”她在侍者打开香槟时应声说，“天哪……真是太周到了。”她不太确定自己该做什么，只能望向窗外，像道格之前做的那样。一阵内疚感爬上心头，她打算找点零钱给小费。

侍者满面笑意地说：“贵公司的福利真不错呢。”

“你说什么？”

“免费度假。贵公司的客人中，二位是我们这周接待的第四批。您丈夫是位高管吧？所有高管都能获赠免费香槟。当然，我猜他们当中肯定也有人更想要现金奖励。”

她吃惊地看着他，回过神来后，从侍者手中接过酒杯。

“没错。”她盯着酒杯说道，“我猜他们会更喜欢现金。”

“可是，不来这儿怎么能享用到上好的香槟呢？”侍者退出房间，“请慢用。”

道格从厕所出来时，她坐在床上。他看了一眼香槟，又看了一眼她。

他看起来没精打采的，她猜过去几个月他都在拼命埋头工作。

“这是什么？”

她想了一下该怎么回答。

“客房服务，”最后她说，“我猜这是订房附赠的。”

他点点头，毫不怀疑她的解释。接着他又看向她，小声说道：“对不起。”

她递过来一个酒杯。

“我也是。”她说，“你是对的，一切都……”

道格笑得合不拢嘴。

“道格，行了，”她也笑了，“不来这儿怎么能享用到上好的香槟呢？”

他们并肩坐在床上，慢慢地，脚靠在了一起。他将手中的杯子碰了碰她的，升腾的小气泡就像射出的一枚枚子弹。她将香槟一饮而下。

“我想好了，等我们回去，我就把浴室的灯修好。”他说，“应该不会太费事儿。”

她又慢慢呷了口香槟，闭上眼睛。

窗外传来人们在草坪上喝下午茶的聊天声、汽车轮胎在砾石路上发出的摩擦声。欢笑声掠过他们的窗户。

她睁开眼，轻轻地将头靠在他肩上。

这是下午4点40分。

“你知道，”她说，“离晚餐还有好几个小时……”

Bird in the Hand

囚鸟

去派对的路上，他们总是争吵不休。

她从来不能好好放松，西蒙一上车就发号施令。就算已经迟到了半小时，西蒙还是一堆规矩，她自然不依，仍对着副驾上方的镜子整理头发。

事实上，这或许就是她眼下的处境：身边永远坐着一个烦人精。她偶尔还会计时，看看身边的男人要多久才想起来问一句——她在整理些什么？结果呢，目前的纪录保持在两个小时左右。

其实，她看起来更有司机范儿。但想都别想，她要是问他，谁来开车？他一定回以夸张到可怕的笑脸，表明自己的罚单已经够多了。

更糟的是，这次的派对是在一个帐篷里。出发十五分钟后她才想起这一茬，脚上却穿着一双缎面细高跟鞋。

"我喝几杯，你不会介意吧？"西蒙一边将车驶入铺满砾石的停车场，一边问道，"上次喝了酒我也开车了，你记得吧？"

克里斯塔·南丁格尔（贝丝一直怀疑这是个假名）从事生活导师的工作，也是西蒙和贝丝之前的邻居。她举办的派对从不单调乏味，地点通常都挑在废弃的消防局，或以烛光装饰的教堂。她总是忙着研究排毒的新方法，或者陪富豪客户旅行。西蒙和贝丝也为此起过争执，因为西蒙要贝丝效仿——“掌控别人什么的你最在行了”，但贝丝却不善交际。人际交往中总是藏着太多的算计，笑里藏刀是免不了的。

“哇！”西蒙赞叹地看着眼前绯红色的豪华帐篷。

它颇有印度风情，横跨克里斯塔家的整个花园。开满鲜花的花坛环绕在帐篷四周，傍晚温暖的空气中弥漫着一股沁人心脾的香味，树上悬挂的那些中式灯笼透出柔和的红光，与落日的余晖交相辉映。

“地上铺了粗麻。”贝丝绝望地说。

“来吧，亲爱的。凡事要看好的一面，这儿多华丽啊！”

“华丽是华丽，但我的鞋跟会像肉串儿签子一样钉到地里去的。”

“那换双鞋不就好了。”

“一小时前这么说还有救。”

“你可以穿我的鞋。”

“呵，有意思吗？”

“贝丝！你看起来真是光彩照人！”克里斯塔踏着粗麻铺就的地面朝这边走来。她是那种在人群中游刃有余的女人，消息灵通，人缘极广，总爱给人牵线搭桥，简直就是社交场里的罗宾·汉。

“大家都到齐了。”

贝丝正要开口道歉，克里斯塔已经连连摆起了手：“别担心，没什么！”贝丝盯着她那没有一丝皱纹的光洁额头，猜测她一定注射了肉毒杆菌。

“反正吃的还没上。来，先请你们喝两杯。”

“客随主便，这儿看起来真是棒极了，克里斯塔。你指给我看吧台在哪儿就行。”西蒙吻了吻克里斯塔的脸颊，然后消失了。

他会去喝上半小时的酒，胡吃海塞各种点心，贝丝想着。

她等着坏心情慢慢消失。

克里斯塔把她拉到帐篷里。“你认识奇泽姆一家，对吗？还有麦卡锡一家也是。这样吧，”克里斯塔说，“我来为你介绍一下本，他和你算是同行。”

是他，站在跟前的人真的是他，只见他缓缓抬起手打了声招呼。

“其实……”他说，“我们认识。”

贝丝瞟向丈夫站着的方向，在一堆孟买小吃中寻找他的身影。

“是的。”她看了眼克里斯塔，有些尴尬地笑了笑，“我们……曾是同事。”

克里斯塔露出欣喜的神情：“真的吗？太巧了！你们以前合作过什么？”

“我们以前一起编过几本小册子。我做文案，本负责图片。”

“直到贝丝离开。”

“是的，直到我离开。”

他们对视了一小会儿。

他看起来没变，她想。不，他看上去更好了，该死。接着，她发现一个红头发的女人正朝着自己微笑。

本瞟了一眼他自己的脚：“这是我的妻子，丽莎。”

“恭喜。”她立刻笑道，“你什么时候结婚的？”

“十八个月前。”

“那可真快。我是说……我们共事时你还是单身呢。”

“我们是一见钟情。”那女人将胳膊搭在他肩头，手指摩挲着他的衣领，“对吗，亲爱的？”

本点点头：“你丈夫来了吗？你是不是……”

“是不是什么？是不是还跟他在一块儿？”她不假思索地脱口而出，又露出一个似笑非笑的表情做掩饰，想让刚才的话听起来像句玩笑。

“……和他一起来的？”

她恢复了平静：“没错，当然了！他就在那边，酒吧那儿。”

他朝远处的人群眺望了半天：“我还没见过他呢。”

“嗯，我想你是没见过。”

这时，她感到克里斯塔的手搭在自己背上。

“晚餐马上就要开始了。我得失陪一下，去看看帕可拉小吃做得怎么样了。贝丝，你不是素食主义者吧？我记得有客人说过他们是素食主义者。我还专门准备了咖喱豆腐。”

“很高兴见到你，贝丝。”本已经转身离开。

“我也是。”她一路走向西蒙，微笑僵在脸上。

“我有点不舒服。”

西蒙正把一颗花生扔进嘴里：“但我还没开始大吃特吃呢。”

“无聊，我们真得待在这儿吗？我宁愿立刻回家。”她扫视一圈帐篷下的人群。随着夜幕降临，玫瑰与刚刚割过的青草散发出的气息里，混入了印度香料的味道。

一个男人盘坐在角落的蒲团上，拨动手中的西塔琴，弹起美妙的曲子。英国人可不擅长盘腿坐在地上，她有些心不在焉地想——英国人没这么柔软。而房间那头，还有一个男人正往头上盘着样式繁复的印度包头巾，看得她心里发怵。

“我真的头疼。”

西蒙又让酒保给自己斟了一杯。

“你只是有些累了。还没上菜，我们怎么好意思走呢？”他抓着她，却用商量的口吻说道，“再坚持几小时，吃点东西就会好些的。”

她左边的座位空着，当看到座位后面的名字时，她立刻意识到：这一切都是命中注定。

“噢。”本也看到了自己的名字。

“噢，”她说，“你走运了。”

“我们都挺走运。”

今晚她为什么要来呢？她本来可以编出八十九个借口，比如得了某些罕见的疾病，需要上网查询一下，又或者要用掉落的猫毛编织披肩……

结果她却来了，还坐在这个男人旁边——这个两年前把她的生活搅得天翻地覆的男人，如今离她仅仅咫尺之遥。正是这个男人把她从丈夫眼里一无是处的女人，改造成了性感的女神，火辣的尤物，出墙的红杏。

她故意转向右手边，那里坐着一个面色红润的男人。

“你是做什么的？和我说说你的事吧，跟我讲讲你的全部！”

开场白还没说完，贝丝就已明白，眼前这个男人只会谈论一些防潮、抹浆、进水之类的事。她并不关心这个大个子男人说的话，她的全部注意力都在左边的本身上——他正和身旁的女人谈笑风生，一举一动都牵动贝丝的心。

不过，在做完有关过滤膜和空斗墙的长篇大论后，防潮顾问亨利先生便躲到花园里抽烟去了。

只剩下她和本独坐桌边。他们相对无言地坐了会儿，眼睛瞟着桌上的插花。

“不错的派对。”

“是啊。”

“你看起来气色不错。”他说。

“谢谢。”她真希望自己穿的是那条红裙子，怎么就没穿那条红色的裙子来呢？

“你还在职场混吗？”他问。

“是的。在城里一家小营销公司。你呢？”

“我还是老样子。”

“这样啊。”

一阵沉默，直到年轻的女服务生自顾自地给他们递来几个盘子。

贝丝又给自己斟满了酒：“恭喜你，结婚了。”

“谢谢，其实我也没想到。”

“你这口气说得好像结婚是场意外。”她呷了一大口酒。

“不，只是没料到而已。我原本没有打算和谁长相厮守。”

“你的确不是那样的人。”

他的目光落在自己身上，她不禁脸红了。住嘴，她对自己说，西蒙就在不远处。

他压低声音：“我们真要旧事重提吗？”

贝丝心中涌起一丝冲动。多少次，她期盼着这样的相处？多少次，她练习着所有想对他说的话？当他们同处一桌时，她心里有一半在祈祷他能立刻站起来走掉。他怎能若无其事地坐在那里，与别人觥筹交错呢？

“贝丝，现在你不会真想谈这个吧？”

她举起酒杯。此刻，她丈夫正被克里斯塔讲的什么话逗乐了，他朝她望过来，冲她使了个眼色。

“为什么不呢？”她朝丈夫挥了挥手，“才刚过去两年而已。我们的谈话延迟了这么久，今天谈谈正合适。”

“好极了。”他咧嘴苦笑，“我不知道原来你还在生气。”

“生气？”她反问道，“我为什么要生气？”

“我不知道。况且，如果我没记错的话，你才是那个做出所有决定的人。”

“所有决定？”

本微微凑近她，说道：“决定不再见我，甚至放弃讨论我们说好要谈的那些事，记得吗？”

“不再见你？”她转向本，望着他，“我们是在讲同一件事吗？”

“贝丝，亲爱的，麻烦把酒递给我。”克里斯塔的声音打断了他们的谈话。

她猛地举起酒瓶，好像那是她赢得的一座奖杯。“当然。”她说得格外大声。

“你离开的那天，”他在她耳畔轻声说道，“我们原本说好在‘老母鸡酒吧’见面的，原本说好要认真讨论将来，但你没有出现。我知道你有烦心事要处理，但是你连一个电话、一句解释也没有给我，什么都没有。”

“老母鸡酒吧？”

克里斯塔的声音再度响起：“能把白葡萄酒递给我吗？对不

起，亲爱的，我够不着。”

“当然！”她把冰酒瓶递了过去。

“你明明知道，一旦把工作手机上交，我就再也联系不到你了。我能怎么办呢？在我们经历那么多之后，向彼此承诺了那么多之后，你却人间蒸发了。这就是我应得的下场吗？”

她喃喃地吐出一句：“是在‘马车与马群酒吧’……我们约好在那里见面，你才是没出现的那个人。”

他们四目相对。

丽莎出现在他们跟前。她把手放在本的肩头，贝丝注意到，本对此有些许不太情愿，这让她感到一丝说不清的安慰。

“亲爱的，你觉得扁豆酱怎么样？”丽莎说。

“美味极了！”本笑着回应，却笑得很生硬。

“我就知道你会喜欢，克里斯塔已经答应把配方给我了。”

“太棒了！”

一阵短暂而尴尬的沉默。

丽莎苦笑着点点头：“你们在说工作的事吧？没事……你们继续谈，我去找姑娘们聊聊天。”

“她们在那儿呢，”贝丝指着人群的另一头，“在大厅里。”

丽莎刚走，本就开口问道：“马车与马群酒吧？”

贝丝面前放着米饭，她递给了本。当两人的指尖相触时，她仿佛被一丝电流击中了。

“那天，我等了两个小时。”

他们看着彼此，有那么一瞬间，帐篷消失了。她又回到那个下雨的星期四，她在空无一人的酒吧里哭成了泪人。

“你们是在聊酒吧吗？”亨利回来了，在她右边坐下来。

“是的。”她咽下了一口酒，“马车与马群酒吧。”

“噢，我知道那家，就在环城路边上吧？那家生意很好吧？”

她撞上本的目光，回答道：“很显然，不像我们中有些人期待的那么好。”

“唉，附近好多酒吧生意都不好。全怪房东，你们也懂的，房租太高啦！这会把酒吧都逼上绝路的。”

他们坐在那儿，吃着主菜，这大概是某种鸡胸肉做的吧。

贝丝却已食之无味。

“再来点儿酒吗？”

她注视这只为自己斟酒的手，想起自己曾经多么喜欢他手指的形状。这是一双完美的男性的手：修长有力的指节，浑圆的指尖，泛着小麦的色泽。她难免拿丈夫那双乏善可陈的手与这双手做比较。她也恨自己这么做。

“我不知道该说什么。”他对她说。

“没什么可说的。你结婚了，我也结婚了，我们再也回不去了。”

她感到他的大腿轻轻靠了过来，不禁吃了一惊。

“你真的放下了吗？”他轻声问道。

这句话将她击得粉碎。

她面前放着吃了一半的巧克力蛋糕，还有空空如也的咖啡杯。她伸出手来，摩挲着玻璃酒杯，望着坐在长桌一头与众人谈笑风生的红发女人——本的娇妻。

“那人原本该是我。”贝丝想。

“我们一直……”本喃喃道，“一直以为对方放手了。”他的腿依旧靠在她腿旁。她不愿去想，要是他们不再这样相互靠着，自己会有多难过。

“我以为你再也受不了我的犹豫不决了。”

“我已经等了一年，我可以再等。”

“你从没告诉过我。”

“我本来觉得可以不必说。”

她曾为他肝肠寸断，她的丈夫却毫不知情。她曾在浴室或汽车里泪流满面，因为失去，也因为悔恨。然而，当事情已成定局时，她竟感到一丝模糊的释然。她并非天生水性杨花，这桩婚外情让她分心，无法专注于工作、家庭和生活。况且，她根本不能承受西蒙心碎的模样。

本朝她靠过来，眼睛却盯着舞池地面：“你觉得我们原本会变成什么样？”

她直视着前方，看到丈夫正和克里斯塔聊着天，因为有人从椅子上跌落，他们笑个不停。

“我觉得……去猜这个问题的答案会让人疯掉的。”

他喃喃自语地说道：“我觉得我们原本会在一起的。”

她闭上双眼：“是的，我知道。”

她扭过头，看见他眼里的柔情、探寻和恐惧。

“在我心里，没人能取代你。”他说。

她感到一阵天旋地转，心跳加速，连血液都逆流了。

那难挨的两年在她脑中倏忽而过。

她抬眼望去，恰好看到桌子另一头的丽莎——她早已离开人群，正观察着贝丝和本，脸上的表情毫无防备地落入贝丝眼中，这是一张写满紧张和疲惫的脸。她朝贝丝尴尬地笑笑，转而低头看向桌子，一抹羞赧爬上脸颊。

是啊，那本该是我。

她望向自己开怀大笑的丈夫，他似乎浑然不知，无辜至极。可上个星期天晚上，他一反常态，字斟句酌地问她：“我们还好吧？”原来，他也曾这么观察过自己。

她啜了一小口酒，呆呆地坐了会儿，然后站起身，寻找脚边的手提袋。

“贝丝？”

“很高兴见到你，本。”她说。

怅然之色闪过他的面庞。

“你从没告诉我你在哪里上班。”他说得有些急切。

防潮顾问亨利坐在不远处，正摇头晃脑地跟着音乐打节拍。

“也许……我们可以找个时间约午饭？我们有太多话要说了。”

她又望了望丽莎，然后把手轻轻搭在他手臂上。

“不了，”她说，“我们都回不去了吧？”

“抱歉，你刚才说什么来着？”她离开餐桌时，亨利大声问道。

西蒙还站在吧台边，在吃剩的开胃小菜里挑挑拣拣。他应该在找腰果，那是他的最爱。他找到一颗，把它像奖品那样高高地举起，扔进嘴里。她还从未见他失手过。

“我们回家吧。”她把手搭在他肩上。

“还是觉得累吗？”

“我觉得今天可以早一点睡。”

“早一点睡？”他瞄了一眼手表，“已经0点15分了。”

“别吹毛求疵了，先生。”

“我绝对没有，绝对。”他笑着为她披上外套。

她隐约觉得，西蒙朝身后她“座位”的方向看了一眼，一种难以言说的表情在他脸上转瞬即逝，她看不真切。不过，在丈夫的搀扶下，她的鞋跟总算没陷进粗麻里去。贝丝小心翼翼地穿过餐桌，一路走到帐篷的出口，回家去了。

Crocodile Shoes

鳄鱼皮鞋

萨曼莎正努力脱掉泳衣，这时进来一群靓丽又苗条的辣妈，她们一边旁若无人地聊天，一边往紧致的腿上抹着昂贵的润肤霜。

她们身穿名家设计的运动套装，秀发完美无瑕，有大把的休闲时间。在萨曼莎的想象中，她们的丈夫大多是人生赢家，会将大笔奖金往名牌餐台上随意一扔，再预订个昂贵的双人晚餐，意气风发地把妻子拥入怀中。这些女人可没有睡到中午才起床的“家里蹲”丈夫——不会因为妻子提一句找工作的事，就愁容满面。

健身房的会员卡对萨曼莎夫妇来说，算得上是奢侈品。但她又续了四个月，因为费尔希望她尽量多去健身房，这对她来说是好事，他说。言下之意是她不在家，对彼此都好。

“不用就废了，妈妈。”女儿说，萨曼莎日益肥硕的腰臀被她看在眼里，嫌恶之情溢于言表。萨曼莎很难开口向他们解释，自己真的不喜欢健身房，这里是好身材者的天堂，却是她和其他臃肿者的地狱，年轻的私教总是难掩鄙夷之情。

她现在已进入这个年纪：不该来的都来了——肥胖和眼袋；不该走的却轻而易举地走了——工作的安全感、婚姻的幸福感，还有梦想。

“你们根本想不到地中海俱乐部今年涨价成什么样了！”

其中一个女人说道，她正弯着腰，拿毛巾擦干那头高价染过的头发，小麦色的完美肌肤从昂贵的蕾丝内裤中显露出来。萨曼莎朝旁边挪了挪，免得碰到她。

“真的！我本来打算圣诞节去毛里求斯度假，我们常住的别墅竟然涨了四成。”

“真是疯了。”

是啊，真是疯了，萨曼莎心想，对你们来说真是糟透了。她想起费尔去年买的那台房车。“我们可以去海边度假了”，他曾欢欣鼓舞说道，结果再也没碰过那台车，后保险杠也坏着没修。自从费尔失业后，那台房车就停在车道上，阴魂不散地提醒着萨曼莎一家，他们还失去了什么。

萨曼莎穿上内裤，还小心地把这身苍白的皮囊藏在毛巾之下。今天她有四场会面，要拜访一些潜在客户。一个半小时之后，她就要与印刷部的泰德和乔尔碰面，他俩努力想为公司拿下竞标。“我们得赢，”泰德曾说，“要是输了的话……”他板着脸，不再说话了。

“你们记得苏珊娜曾经在戛纳预订的那家酒店吗？糟透了，大半的游泳池都没法用。”富太太们笑作一团。

萨曼莎裹紧毛巾，走到角落里去擦头发。

等她回来时，她们已经离开了，空气里还飘着一股富贵逼人的味道。她松了口气，坐在湿漉漉的木凳子上。

穿好衣服后，她伸手探到木凳下，拿起了包。她突然发现，那个背包虽然看起来和她的很像，却不是她的。包里装的不是她那双无论运动还是通勤都很合适的黑色帆布鞋，而是一双令人目眩的红色鳄鱼皮鞋，一双“克里斯提·鲁布托”牌的细带高跟鞋。

前台的姑娘眼都没抬一下。

“刚才更衣室里的一个女人，拿走了我的包。”

“她叫什么？”

“我不知道。当时有三个人，其中一个拿错了包。”

“抱歉，我是希尔斯路分店的。你最好找这家店里的全职员工问问。”

“可我得赶去跟人碰面，总不能穿脚上这双运动鞋吧？”

那姑娘抬起眼，上上下下地打量她，似乎觉得这双运动鞋配她这身土气的装束绰绰有余。萨曼莎瞄了一眼手机，第一个会面在半小时后。她叹了口气，拿起健身背包，朝车站奔去。

来到出版大厦时，她才意识到脚上的这双鞋有多不合时宜。那金碧辉煌的办公楼让著名的“川普大厦”都相形见绌。当泰德和乔尔斜眼瞄着她的脚时，这种感觉更强烈了。

“你打算穿成这样去谈合同？”乔尔问。

“是不是还要换上紧身连衣裤？”泰德说，“没准萨曼莎想一边跳个自由舞一边谈判呢。”说着，他还挥着胳膊比画起来。

“行了。”

她迟疑一下，决定豁出去了，在背包里找出了那双鞋——鞋码跟她常穿的差不多。她在门厅直接扯下脚上的运动鞋，换上了那双红色高跟鞋，这下得抓住乔尔的胳膊才能站直了。

“哇，这双鞋……可不是……你的风格。”

她挺直腰板，看着乔尔：“怎么？我是什么风格？”

“你向来都走朴实风，这双鞋太浮夸了。”

泰德扑哧笑了出来：“你知道他们怎么说这种鞋的吗？”

“怎么说？”

“这种鞋可不是给人穿着走路用的。”

他们嬉笑着打闹起来。“这下可好，”萨曼莎心想，“我得穿成这样去开会了，像个应召女郎似的。”

她走出电梯时，唯一能做的就是努力走到会议室去。她觉得自己蠢透了，好像所有人都盯着她瞧，人们全都看穿了她——一个穿着不属于自己鞋的庸常妇女。她在整个会面中跌跌撞撞的，离开时还摔了一跤。泰德和乔尔什么也没说，但心里清楚，这份合同已经没戏了。尽管如此，她却只能穿着这双“浮夸”的鞋过完这一天。

“别担心，还有三家。”泰德安慰道。

萨曼莎陈述第二场会面的印刷方案时，注意到对方的总经理并没有用心在听，而是直勾勾地盯着她的脚。萨曼莎尴尬到声音都快听不见了。不过随着陈述的深入，她发现走神的反而是那位经理。

“这方案听起来怎么样？”她问。

“很好！”他如梦初醒，大声答道，“的确很棒！”

她看到一线希望，赶紧从公文包里拿出合同：“那我们签署协议吧？”

他又盯着她的鞋。她侧过一只脚，让细带从脚后跟滑落。

“好啊。”他下意识地摸出笔来。

“别说出去。”签好协议后，她叮嘱泰德，却也不无得意。

“我可什么也没说。你要是能像这样再搞定一份合同，你就是穿毛绒拖鞋我都不在乎。”

在接下来的会面中，她可没让自己的双脚闲着。虽然约翰·艾格蒙特并没有盯着她的脚，但她发现，仅仅因为这双鞋，他就对自己另眼相看了。更奇怪的是，她也不禁对自己刮目相看。她充满魅力，立场坚定，又拿下了一份合同。

他们打车去第四场会面。

“管不了那么多了，”她说，“虽然穿着这双鞋走不了路，但确实值了。”

萨曼莎到达第四个会面场地时，不再像之前那般行色匆匆、汗流浃背了。她从容地走下车，感觉好极了。

但发现米瑞姆·普瑞斯是个女人时，她还是有点小失望，而且这个女人非常不好对付。谈判花去了一个小时，再这么谈下去，他们就毫无利润可言了。这单生意恐怕成不了。

“不好意思，我去趟洗手间。”萨曼莎说。

一进门，她就俯身对着洗手台，拿水浇了浇自己的脸，再检查一遍眼妆。她看着镜子里的自己，思忖着对策。

洗手间的门突然打开，米瑞姆·普瑞斯走了进来。她们背靠背站着洗手，相互礼貌地点了点头。这时，米瑞姆的目光看向了地面。

“天哪！我喜欢你的鞋！”她大声叫道。

“说实话，这双鞋……”萨曼莎想解释，随即又微笑起来，“这双鞋很棒吧？”

米瑞姆指着鞋说道：“我能瞧瞧吗？”

萨曼莎脱下一只鞋。米瑞姆把它拿在手里，细细欣赏。

“这是CL家的吧？”

“没错。”

“我曾经排了四小时的队，就为了买一双他家的鞋。是不是很疯狂？”

“不，很正常。”萨曼莎说。

米瑞姆依依不舍地把鞋还给了萨曼莎。

“衣品即是人品。我女儿还不信，但从一个人的穿着打扮的确能看出他是什么样的人。”

“我也这样对我女儿说过！”萨曼莎不假思索地脱口而出，连她自己也不敢相信这句话出自她的口中。

“这样吧，我不喜欢像今天这样讨价还价的。你下周有空吃个便饭吗？就咱们俩，好好聊聊，一定有办法谈成的。”

“那真是太好了！”然后她竭尽全力，从容自然地走出了洗手间。

7点多钟，她穿着运动鞋回到家时，正撞上从屋里出来的女儿。见到她，女儿的眉毛扬了起来，仿佛面前站着一个无家可归的流浪汉。

“这不是纽约，老妈。你看起来怪怪的，好像搞丢了鞋似的。”

“我还真搞丢了鞋。”

她朝客厅打量一圈：“嗨！”

“嗨！”费尔举起一只手。

不出所料，他在沙发里坐着。

“你做……晚饭了吗？”

“噢，没做，抱歉。”

他并不是自私，只是无法再对任何事情燃起热情了，就算是一顿简单的饭菜，他也做不好。

这一天的成就感就这样烟消云散了。她做了晚餐，尽量不让情绪受到影响，还倒了两杯酒。

“你根本猜不到今天发生了什么。”她递给他一杯酒，向他娓娓道出拿错鞋的故事。

“穿给我看看。”

她消失在门廊处，换上了那双鞋。走回客厅时，她抬头挺胸，底气十足。

“哇！”费尔惊讶不已。

“我过去是不可能买这种鞋的，穿着走路别提多难受了。但我今天穿着它，搞定了三份合同，简直太意外了。我猜都是这双鞋的功劳。”

“当然也不全是鞋的原因，你的腿看上去美极了。”他从沙发上坐了起来。

她笑了：“谢谢。”

“你从来不穿这种鞋。”

“是啊，我这辈子都没穿过CL家的鞋。”

“你应该穿。它让你看起来……美极了。”

他略显疲惫却很体贴，是真心为她开心。她走向丈夫，坐到他膝头，双臂环着他的脖子。酒的缘故，让她有些微醺，她竟记不得上次与他亲近是什么时候的事了。

他们凝望着彼此。

“你知道他们怎么说这种鞋吗？”她对他耳语道。

他眨眨眼睛。

“这种鞋……可不是给人穿着走路用的。”

周六早上9点刚过，她就来到健身房，但并不是为了游泳或是练器械，而是来归还那双鞋的。她心里还怀着另一种渴望，一种让她尴尬却又无法忘怀的渴望。

推开玻璃门时，她脑海里浮现费尔的脸，今早他用一杯咖啡唤醒了她。“今天该修修那台房车了。”他斗志昂扬地说，“我也该发挥点用处了。”

她看到前台旁边站着一个女人，正是那天辣妈中的一个。她梳着整齐光滑的马尾，正向前台工作人员抱怨着什么，桌上还躺着一个熟悉的健身包。萨曼莎犹豫了，条件反射地自卑起来。

她低头看看脚边的背包。以后再也不会到这里来了，意识到了这一点，她瞬间觉得释然。她再也不会到这里来健身，来挥汗如雨，来当躲在角落里的影子了。她深吸一口气，大步走了进去，将背包放到那个女人面前。

“知道吗，你真该确认一下有没有拿对包。”她边说边拿起自己的包，“你把我一天的计划都打乱了。”

正当女人连声道歉时，萨曼莎转身离开了，抵达车站时，依旧笑得停不下来。

她很快要和口袋里的奖金说再见了，而人生清单上，则会多出一双“不太舒服”的鞋。

Holdups

抢劫

米勒警长真希望自己没有多吃那两口腌洋葱。他能感觉到它们此刻就在自己肚子里咕嘟作响。他塞了颗胃药下肚，打量着对面那个穿着裙子和蓝衬衫的姑娘。

那姑娘是绝佳的目击证人：没有案底，没换过工作，一直和父母住在一起。她的人生轨迹没准会一直这样下去。她的证词在法庭上很有说服力。

“你清楚今天要做的事吗？”

“清楚。”

她两手交叠放在膝上，心中所想似乎都写在脸上。可她刚经历了一场可怕的抢劫，看起来过于镇定了，反而可疑。

“你不害怕吗？”

“不害怕，他们已经被抓了。”

他牢牢地盯着她，说道：“好，我们进去之前，再来回顾一遍你的证词。当时，你正在……”

爱丽丝·赫林坐在地板上，裙子乱作一团，肩膀还在颤抖。

她身后的门“砰”的一声关上了，也将商店里的尖叫声隔绝起来。她抬起头来时，发现一个男人站在她面前，手里拿着棒球棍。

她看着他：“你会朝我开枪吗？”

“闭嘴。”

他瘦瘦高高的，脸上还罩着一只棕色丝袜。

她听出了一点东欧口音。

“你不用这么凶，我只是随口问问。”

“请别做傻事。”

“你拿着棒球棍指着一个手无寸铁的女人，脑袋上还套着紧身裤。到底谁才是做傻事的那个？”

他摸了摸头：“这不是紧身裤，是袜子。”

隔壁传来翻箱倒柜的声音，把他俩吓了一跳。他轻声骂了一句。

“随便吧。”她说，“听起来的确不是一回事。”

这原本是一个寻常的早晨。当沃伯顿先生打开店门时，这个早晨就不再寻常了——珠宝店里突然闯入三个蒙面人。她和沃伯顿先生被迫趴到地上。

“保险柜在哪儿？把该死的保险柜打开！”

环境变得嘈杂，气氛很紧张，周遭的人都模模糊糊的。

她跳起来想按报警按钮，却被一个大个子男人抓住了手腕，手被扭到背后，这弄疼了她。大个子男人推着她，走过沃伯顿先生办公室前的走廊。

没能报警成功，她隐约有些懊恼，因为这天是蛋糕日。

周五的早晨，沃伯顿先生总会提议去一趟点心店，虽然他总是轻描淡写，似乎不想承认，但谁都知道他对奶油牛角面包钟爱有加。

爱丽丝坐起身，望着看押自己的人。

“你可以放下棒球棍，我根本不是你的对手。”

“你不会乱动？”

“绝不乱动，我就老老实实坐在地上。”

他朝门的方向瞥了一眼，用抱歉的口气说道：“不会太久的，他们只想拿到保险柜的钥匙。”

“他们得搞到密码，沃伯顿先生是不会说的。”

“他们只要钥匙，这是计划。”

“好吧，这计划可不怎么样。”

爱丽丝乖乖地坐在地上揉着肩膀。男人看着她，有些吃惊于她的淡定。就算蒙着丝袜，他也能看出别人的真实情绪。

“这是我第一次遇到抢劫……没想到会遇到你。”

他看了她一眼，脚跟紧张地点着地。

“你以为会遇到什么？”

“我不知道。蒙着那块东西……挺难说你是哪种人……你不热吗？”

他迟疑了一下：“有一点。”

“你胸口都是汗渍。”她指了指他的胸，他低下了头。

“我猜是肾上腺素的缘故。决定要抢劫珠宝店的时候，你肯定很紧张。我打赌你昨晚一定没睡，换了是我也睡不着。”

他开始在房间里来回踱步。

“我叫爱丽丝。”她说。

“我叫……我不能告诉你名字。”

她耸耸肩：“我在这里没碰上过多少男人，只有那些给老婆买礼物或买订婚戒指的。这会儿真不是聊天的好时机。”她顿了顿，“是吧？”

他停住脚步，扭头看着她：“你在……和我聊天？”

“只是随便聊聊。除了打打杀杀、大声尖叫、翻箱倒柜什么的，现在也没什么事可做。”

隔壁传来的破坏声把他们吓了一跳。

“你朋友似乎认定了要找那间屋子的麻烦啊。”

他环视一圈四周，问道：“你是说我该砸了这间？”

“你应该关掉监视器。这对劫匪来说是最基本的，是‘抢劫手册’的第一条，如果真有‘抢劫手册’的话。”

他抬起头。

“在那儿。”她指了指摄像头。

他站起身，用棒球棍用力一挥，摄像头就从墙上落了下来。爱丽丝跳到一旁，躲过飞来的残骸，还偷偷把一小片玻璃藏到了袖子里。

“我恨监视器，总担心哪天不小心把裙子掖进内裤里，然后不小心被沃伯顿先生从监视器里看到。”爱丽丝抬眼看着墙上的油画，画里有个性感撩人的西班牙舞者，“你干脆把这幅画也砸了，换作我肯定这么干。”

“这幅画太糟糕了。”

“相当糟糕。”

她看到他在面罩下咧嘴一笑。

“你想亲手砸了它吗？”

“我可以吗？”

他把棒球棍递给她。

她低头看了看棒球棍，又抬头望了望他。

“你确定？”

“噢，不。”他收回棒球棍，把画从墙上取下来，然后看着她说，“要不然你还是拿脚踩吧，给。”他把画扔到她脚下。

她站在那儿，踌躇片刻，狠狠踩了上去，还连踩好几次。她后退一步，大笑起来：“奇怪，我觉得很开心，终于明白你为什么要干这个了。”

“那幅画的确很难看。”他承认道。

爱丽丝坐在椅子上，外面传来货架被洗劫的声响，他们陷入了短暂的沉默。

她漫不经心地踢了一脚零落的画框：“所以，你经常干这个？”

“什么？”

“抢劫珠宝店。”

他犹豫着叹了口气：“这是我第一次。”

“想来……这也是我第一次成为某人的第一次呢。你是怎么沦落到……来抢劫的呢？”

他坐到她对面，把棒球棍夹在两腿之间。

“我欠了大肯……那个高个子……一笔钱，数目不小。我原本有自己的生意，但失败了。千不该万不该，就是借了他的钱。他说这是我还钱唯一的出路。”

“他收你多少利息？”

“我借了两千，现在过了八个月，他说得还他一万。”

爱丽丝沉下脸：“那太亏了，你还不如用信用卡呢。我用信用卡借款的年利率才百分之十六，当然每个月得还点利息，很多人都用这招来渡过难关的。你还可以像我一样积分。”

她正要把信用卡从钱包里掏出来，外面又传来一阵破坏声。他紧张地瞟了眼房门。

“他们好像打碎了陈列柜的钢化玻璃，”爱丽丝侧耳倾听，“他们不该和小橱窗里的玩意儿较劲，那里陈列的都是人造宝石，我们管那叫假样。”

“假样？”

“当然不能在顾客面前这么叫。我未婚夫曾经给我买过一枚钻戒，我高兴坏了，结果沃伯顿先生当着所有人的面说，那是一枚假样钻戒。从此以后，我对这些人造宝石就心有余悸。”

他摇了摇头：“太惨了，你还和这人在一块儿吗？”

“没有，”她不以为然地说，“我很快就意识到不可能和一个不看书的家伙结婚。”

“不看书？”

“在他家里，哪怕厕所里都找不出一本打发时间的书。”

“这个国家很多人都不读书。”

“他是真的一本书也没有，连侦探小说都没有，更别提杰弗里·阿切尔的书了。这多少能说明点问题吧？我早该发现的，他后来为了一个体育用品折扣店的姑娘把我甩了。我数过了，那姑娘在网上相册里放了一百三十四张噘嘴自拍。我是说，谁会把一百三十四张噘嘴自拍传到网上去？每一张都跟鸭子似的。”

“跟鸭子似的？”

“她们就爱摆那种表情，觉得这样性感。”她做出一个夸张的噘嘴表情，把他逗笑了，“我完全不想他，以前太荒唐了，但偶尔也会觉得难过……”

“嘘！”门外的声响骤然变大，蒙面男人示意她站着别动，他走到门边打探情况。她听见一阵急促低沉的对话声。

然后他折回她身旁，说道：“他们想要保险柜的密码，这是计划。”

“我说过，只有沃伯顿先生知道密码。”

他又走了出去，几个人商量着什么。

他回来后，说道：“大肯说我得……给你点颜色瞧瞧，好让你老板说出密码。”

“我老板才不在乎，他本来就看我不顺眼，说看到我就会想起他前妻。你们手里要是抓着凯芮就不同了，她每周二当班，沃伯顿先生对她很温柔，还会偷偷给她夹心饼干吃。”她顿了顿，“可惜凯芮今天不在，她就喜欢这种戏剧化的场面，一定后悔不在这儿。”

他掩上房门，压低声音说：“要不你哭一哭？装成被我打疼了？也许能管用。”

她耸耸肩：“也许吧，但我觉得沃伯顿先生不会吃这一套的。”

“说真的，装一装吧，我可不想……”

爱丽丝叹了口气，做了个深呼吸，望着他的眼睛，然后尖叫起来：“救命啊！你弄疼我了！”

他摇了摇头：“不行，不够像。”

“好吧，我没多少演戏经验，从来都演不好。在学校的时候，我不是演树，就是演背影板。”

“你得喊得……上气不接下气，吓坏了那种。”他拾起一把椅子，把它猛地掷向屋子另一头，椅子撞到墙上。

他对她使了个眼色。

“但我没有吓坏啊，”她说，“我是说，你是很吓人。但是……”

“但是？”

“但我总觉得你不会伤害我。”

这似乎让他有些为难了：“你不了解我。”他朝她逼近一步，居高临下地说，“我可以伤害你，真的。”说完，他拿起棒球棍，砸向了咖啡机——四散的棕色液体和玻璃碎片飞溅到地毯上。

她低头看着一地的碎碴子：“哇！你演得真投入。”

“吓到你了吗……爱丽丝？”

“我……当然了……”

他举着手里的棒球棍，又朝她迈了一步。他们对视着，然后他突然扔掉了棒球棍，两人吻了起来。

“你，”他退后一步，温柔地说道，“绝对是货真价实的宝石。”

“我还从没隔着袜子和人接过吻呢。”她说。

“确实有点奇怪。”

“要不然我……在这儿……撕开一个口子，这样嘴唇就可以碰到一起了……”爱丽丝用指甲在他的丝袜上划开一道口子。

这次接完吻，他拿手摸了摸鼻子。那道口子已经裂得很长，除了眼睛，他的整张脸全都暴露在外。

“糟了，该怎么办？”

“这样，”她撩起裙子，“你可以用我的丝袜。”

他呆呆地站在那儿，看着她褪下了自己袜子。

“能看到你的脸，真好。”她仰头望着他，“你看起来……很可爱，你叫……”

“托马斯，我叫托马斯。你也很可爱。”

他们再度吻到一起，直到她动手把袜子戴在他头上才停下来。

“我什么也看不见了。”戴好之后，他说。

"我知道……这双袜子蛮厚的。要不这样，我帮你调整一下……说不定你就能……"她绕到他身后。

"你在做什么？"

"抱歉。"

"抱歉什么？"

随着一声闷响，她抡起棒球棍，正中他的脑袋。

"那么，"他们沿着走廊而行时，米勒警长问道，"你准备好辨认劫匪了吗？"

"是的，准备好了。"

"赫林小姐，这几个人当中有抢劫你店铺的劫匪吗？"

她盯着玻璃窗后面的那排男子看了半天，手指轻敲着下唇，随后转向警长："抱歉，他们没戴袜子，我很难辨认啊。"

"袜子？"

"头上不戴袜子的话，我有九成九的把握。如果他们戴着袜子，那我就能百分百确认了。"

嫌犯们都被套上了头套，这可把她逗乐了。

"一号，我确定。"她说，"就是他拿的枪，还有三号，他负责望风，还揍了沃伯顿先生，我确定是他。"

米勒警长朝她走了一步："还有谁吗？"

她隔着玻璃扫了一圈："没了。"

两名警官交换了下眼色，米勒警长端详着她的脸："你确定吗？你老板好像说一共有三名。"

"没有，一共就两个。当时店里还有一个人，不过是位顾客，我之前已经解释过了。他是来买求婚戒指的，文质彬彬的小伙子，外国人。”

米勒警长的腹中传来一阵烧灼般的疼痛。

“可沃伯顿先生坚持说，有三个劫匪。”

她压低了声音：“他脑袋伤得不轻吧？而且就咱们私下说说，他眼神不太好，谁让他成天盯着宝石呢。”她微微一笑，“我可以走了吗？”

米勒警长看看她，无可奈何地说：“好吧，我们保持联系。”

“准备好了吗？”

他从公园的长椅上站起来，脸上浮现一抹微笑：“你看起来气色不错，爱丽丝。”

她理了理头发：“报社刚给我拍了张照片，我现在大概是本地的英雄了——《女孩智斗劫匪，勇救顾客》。”

“你确实救了我。”

她抬起手，抚摸他头上的肿块：“还疼吗？”

“不疼了。”托马斯捧过她的手，放到嘴边，轻轻吻着，“现在去哪儿？”

“没想好呢，去图书馆？”

“好啊，你给我好好介绍一下侦探小说。然后我请你吃个……奶油牛角面包，怎么样？”

“嗯，这个……”爱丽丝·赫林挽起他的胳膊，“听起来倒像个计划。”

Last Year's Coat

旧衣

那件大衣的衬里已经完全脱线了。艾薇将大衣拿在手上，手指沿着开裂处摩挲，想着还有没有办法把已经磨损得不像样的衬里给缝好。她把大衣翻过来，看着稀疏的羊毛和手肘上磨出的油光，突然觉得即使缝好了衬里，也无济于事。

她自然知道去哪里买一件新大衣。每天，她都能从成衣店的橱窗里瞧见它两次。为了多看几眼，经过时她总会放慢脚步。午夜蓝，配上银色的羊羔毛领，这样的经典款可以穿上好几年，它又刚好不多不少有一点别致，足以和廉价连锁店的货色区别开来。真是件不错的大衣。

价格是一百八十五镑。

艾薇低下头，离开了。

放在以前，艾薇是一定会买的。她会在午餐时间把大衣拿出来，当着市场部姑娘们的面试穿一番，然后把它收进昂贵的包装袋里，带回家去。包装袋一下一下碰着她的小腿，会让整个人充实起来。

但前阵子，他们一家似乎毫无预兆地成了"受挤压的中产阶级"中的一员。格雷戈的时薪突然被降了三成，而每周杂七杂八的账单金额却涨了一成半；燃油太贵了，他们卖掉了她的车，现在她一直步行两英里去上班；暖气成了奢侈品，只在每天早间使用一小时，晚间使用两小时；原本按部就班还着的房贷，现在压得他们喘不过气来。

晚上，她坐在厨房的餐桌旁仔细记账，厉声告诫未成年的女儿们要小心不必要的花销，一如她母亲警告过她的——小红帽要提防大灰狼。

“来，宝贝儿，咱们去睡吧。”格雷戈的双手温柔地落在她肩上。

“我还在记账呢。”

“咱们去抱着暖和一会儿，我是在为暖气费账单考虑。”他正经八百地说道，“真的，我可不是贪图抱在一块儿。”

她勉强挤出一丝笑容。格雷戈伸出手臂环抱着她：“来吧，亲爱的。难关会过去的，比这更艰难的时候我们都过来了。”

她知道他是对的，至少他们还有工作。不像那些强颜欢笑的朋友，他们总是逃避关于新工作的问题，以“手上正筹划着几件事”来搪塞。有两家人卖掉了大房子，换成小房子，说是“家庭原因”。她发现这些朋友中的大部分都搬了家，不再联系，大约是觉得倒退的生活是一种耻辱吧。

“你爸还好吗？”

“还好。”每晚下班之后，格雷戈总会开车去一趟附近的父亲家里，给他带些热乎的食物，“不过车出了点毛病。”

“别啊！”她禁不住哀号。

“没事，发动机应该还能转。”他察言观色地说着，“别担心。我会把车开到麦克那儿去，看看他能不能少收咱们一点修理费。”

市场部的姑娘可不用操心发动机或者暖气账单的事。她们依然在午餐时间外出，归来时带着血拼的战利品，如同凯旋的猎人。周一早上刚到办公室，她们就八卦起在巴黎和里斯本的短途旅行，每周仍在外面吃大餐（艾薇坚持说她真的非常爱吃自己带的奶酪三明治）。

她努力保持平和的心态：同事中有两个还没有孩子，菲丽希缇的老公挣的是她的三倍。“而我有格雷戈和女儿们，”艾薇告诉自己，“我们都很健康，有一个家，已经比很多人拥有的多得多。”但偶尔，当她听到她们谈论巴塞罗那时，当看到她们又在秀新鞋时，她就会暗暗咬牙切齿，甚至担心磕坏了牙。

终于，她告诉格雷戈：“我得买件新大衣了。”

这话很难启齿，就像有人羞于承认自己出轨一样。

“你有不少大衣吧。”

“才不是呢。我身上这件已经穿了四年。还有一件麦金托什风衣和一件网购来的黑色大衣，袖子都快掉了。”

格雷戈耸耸肩：“想买就买呗。”

“但我想买的那件太贵了。”

“有多贵？”

她把价格告诉了他，格雷戈扑哧一笑。格雷戈总觉得，要是花超过六镑的价格去理发，就是十足的疯子。婚后总是由她来打理家庭开支的坏处就是，格雷戈对消费和物价的了解还停留在上个世纪八十年代中期。

“那是件……名家设计的大衣？”

“不是，只是一件质量还不错的羊毛大衣。”

他沉默了。

“凯蒂的郊游费，还有我的修车费。”

“知道了。没关系，我不买就是了。”

第二天早上，她故意走到街对面去，免得上班路上看到那件大衣。可那件大衣已经深深印在她的心上：每当她伸手抓住脱线的衬里时，眼前都会浮现那件大衣的样子；午餐过后，菲丽希缇穿着一件丝绸衬里红色新大衣回来，艾薇的眼前又浮现出那件羊羔绒领子的午夜蓝大衣。它就像挥之不去的记号，提醒着她——生活已经江河日下。

“我们会买到一件新大衣的。”周六这天，格雷戈看到艾薇小心翼翼地将旧大衣从身上褪下，便对她说道，“我保证我们能找到一件你喜欢的。”

他们在那家成衣店的橱窗前停下脚步，她无言地看着他。格雷戈拽紧艾薇的手臂，继续朝前走去。他们经过好几家店铺，最后来到女儿喜欢的那家“潮流服饰”店。店里都是新潮的款式，播着震耳欲聋的音乐，店员看起来只有十多岁，一个个都嚼着口香糖。

通常，格雷戈是不愿意逛街的，但他注意到艾薇有些低落却强颜欢笑。他穿过几排衣架，抓起一件深蓝色的假毛领大衣，说道：“瞧！这件跟你喜欢的那件挺像的！而且它只要——”他打量一眼价格，“二十九镑！”

他殷勤地为她披上这件大衣。艾薇看着试衣镜里的自己。

这件大衣的胳膊肘收得略有些紧，衣领看上去还不错。但她估计，过不了几周，它的毛就会变得乱蓬蓬的，跟老猫毛似的。全身的剪裁也不太合理，混纺的羊毛其实是人工合成的。

“你看起来很美。”格雷戈笑着说。

就算她穿的是囚服，格雷戈也会说很美的。

她讨厌这件大衣。往后只要一穿上它，就仿佛被人无声地扇了一记耳光——四十三岁了，还穿着一件从青少年服装店里买来的廉价大衣。

“我再考虑考虑。”说着，她把大衣挂回了衣架。

午餐时间成了一种折磨。今天，市场部的姑娘正张罗着订购演唱会门票，一个十五年前走红的男团复出了。她们聚集在电脑屏幕前，七嘴八舌地挑选座位。

“想象一下，艾薇——女生之夜。来吧，一定超好玩！”

她看了一眼票价，七十五镑一张，交通费另计。

“我不去了。”她笑着说，“打他们一出道我就没喜欢过。”

很显然，这是谎话。她一直都喜欢那个男团。

艾薇拖着沉重的脚步走回家，路上快速扫了一眼那件心仪的大衣，她心里涌起一股幼稚的逆反心。

当她走上家门口的车道时，看到格雷戈的腿从汽车底下伸出来。

“你在外头干什么？下雨了。”

“我琢磨着可以自己修车，省点钱。”

“可是你从没自己修过车。”

“我在网上查了一下。麦克说，弄完之后，他会帮我看看到底搞对没有。”

她凝望着他，心中被爱意填满了。他总是这样深谋远虑。

“去过你爸家了吗？”

“嗯，坐公交去的。”

艾薇的目光落在丈夫泥浆斑驳的裤腿上，她叹息一声：“我为他做份砂锅菜吧，如果这几天你去不了，他也不会饿着。”

“你太棒了。”他伸出满是油污的手，朝她做了个飞吻。

或许是受到她的情绪感染，女儿们在晚餐时都乖巧极了。格雷戈则在全神贯注地研究一张引擎剖面结构图。艾薇咀嚼着空心粉和奶酪，告诉自己不能买心仪的大衣算不得多么糟糕的事。她有些不情愿地推开盘子里的蔬菜，这时却记起母亲曾经告诫过她的话：“想想那些在非洲的饥荒儿童。”

“我明天就去买那件二十九镑的大衣，如果你觉得没问题的话。”

“那件大衣很衬你。”格雷戈亲了亲她的额头。艾薇看得出，他其实明白她有多不喜欢那件大衣。女儿们离开餐桌后，格雷戈朝她伸出一只手，温柔地说：“你要相信，会好起来的。”

但愿一切真能如他所说。

菲丽希缇买了个新包，她从盒子里取出，剥下棉质的保护套。艾薇努力无视它在姑娘们手中传阅时所引起的骚动。这是会花掉一个月薪水的那种包，得在专卖店排很久的队才能买到。艾薇装作认真看着一份电子数据文档，才得以置身事外。但此起彼伏的艳羡声，还是勾起了艾薇心头的嫉妒，这让她有些懊恼。其实她对包没什么兴趣，只是嫉妒菲丽希缇拥有的财务自由，嫉妒她可以毫无负担地购买昂贵的东西。而艾薇买个塑料置物架都得斟酌再三。

这都不算完。麦拉下单了一张新沙发；姑娘们讨论起即将到来的演唱会之夜；菲丽希缇把新包放在桌上，开玩笑地说，爱这包胜过爱孩子。

午餐时间，艾薇走去“潮流服饰”店。她垂着头，怅然地走着，对自己说，那不过就是件衣服而已。只有浅薄之人才会以穿着打扮来取人，对吧？她反复念叨着，神经质地祈祷着。走着走着，她就来到那家成衣店前，橱窗里的红色标牌上写着：打折！

她心下一动，推门而入，心怦怦直跳，完全顾不上理智了。

“那件蓝色羊毛大衣，”她对店员说，“打完折多少钱？”

“橱窗里的都是打五折，女士。”

九十镑。没错，还是挺贵的，但已经比之前便宜了一半。

这很值得考虑，不是吗？

“给我十二码的。”她迫不及待地说。

店员在货架上翻找一番，艾薇从包里掏出了信用卡。那件大衣不错，她对自己说，能穿好几年呢。格雷戈会理解的。

“抱歉，女士。十二码的没了，最后一件也卖完了。”

“什么？”

“抱歉。”

艾薇一下子泄了气。她凝视着橱窗，缓缓收起钱包，接着挤出一个微笑：“没事，这样也挺好。”

她不打算去“潮流服饰”了。现在，她宁可继续穿去年的旧衣。

“嗨。”

她正把大衣挂起来，格雷戈从门后探出头。

他吻她时，她闭上了眼。

“你怎么淋湿了？”

“下雨了。”

“你该告诉我一声，我可以过来接你。”

“车修好了？”

“修好了。麦克说我干得不错，我是不是很厉害？”

“相当厉害。”

她紧紧抱了他一会儿，然后踱向舒坦又有烟火气的厨房。女儿在做烤饼干，艾薇深吸了一口弥漫在空气里的香味。这才是要紧的事，她告诉自己。

“对了，桌上有给你的东西。”

艾薇瞄了一眼，看到一个袋子。她转而看着格雷戈。

“是什么？”

“打开看看。”

她拿起袋子，朝里打量，然后愣住了。

“别慌。是老爹买的，就当付饭钱。”

“什么？”

“老爹说你老是做吃的给他，得礼尚往来一下，你知道他就是那样的人。我跟他说了那件大衣，你猜怎么着——正好那件大衣大降价。我们中午的时候一起去买的。”

“你父亲给我买了件大衣？”

“别泪眼汪汪的，大衣是我挑的，他只是付钱而已。他说这大概相当于三十个牛排派和二十个酥皮点心的价钱。他觉得比起你一直以来对他的照顾，自己赚到啦。”

格雷戈和女儿们交换了一个眼色。

艾薇破涕为笑，擦拭眼角的泪水。

“好了好了，妈妈，”乐蒂说，“别这么情绪化，就一件大衣而已。”

艾薇依旧步行上班。她到得很早，办公室里空无一人，菲丽希缇在卫生间里补妆。艾薇抱了一大沓市场预算材料，把它们放到办公桌上。当她经过菲丽希缇的办公桌时，看到她的新包下露出一份文件，她凑近过去，想看看那是不是公司的财务文件。因为上周的紧急会议出了条新规——财务信息不能随意放着过夜。

她定睛一看，发现那是一份个人信用卡账单。艾薇扫了一眼还款额，不禁大吃一惊。

足足有五位数!

“中午出去吃吗？”午餐时间，菲丽希缇问，“我们今天要去试试那家泰国菜，你可以来秀一下新大衣。”

艾薇想了想，从包里拿出午餐。

“今天不去了，”她说，“还是谢谢你。”

她们走后，她转过身，小心地把新大衣挂在椅背上，理了理衣领。

尽管奶酪三明治不是她的最爱，艾薇却觉得，今天它们吃起来出乎意料地美味。

Thirteen Days with John C

和强尼一起的十三天

米兰达目不斜视地从“它”身边走了过去。最后那段路，她有些心不在焉，老想着晚饭做什么，家里的土豆已经吃完了。这倒不是因为她对路上的风景不感兴趣了。

每晚下班回家时，杰夫总守着某场“不容错过”的球赛——今晚是克罗地亚队对某个非洲球队——她就会穿上跑鞋，沿着小区散步道，走上一公里多，这可以让她不去为杰夫烦心，至少能让那家伙知道她有事可干。要是他能从电视机前“高抬贵眼”，就不难发现这一点。

所以一开始，她几乎忽略了路上那细微的“声音”，下意识地将之与汽车的声音、警车的鸣笛，以及其他城市噪音混为一谈。不过这声音越来越响，她环顾四周，发现周围空无一人，于是循声找去，最后在茂密的草丛中发现了它——一部遗落的手机。

米兰达停下脚步，望了望眼前无人的步道，然后捡起手机，发现它跟自己的手机型号一模一样。就在她拿起来的时候，铃声停止了。她正犹豫要不要把它留在某个显眼的地方，手机里又响起一阵短信和弦，屏幕上显示：收到了一条“强尼”的短信。

米兰达四下望了一眼，莫名地有些心虚。不过她又说服自己，短信也许是失主发来的，只是想要捡到的人归还手机。犹豫片刻之后，她轻敲屏幕，点开了短信：

宝贝你在哪里？已经两天了！！！

米兰达瞪着这条短信，皱着眉把手机塞进口袋，离开了。把它放回草丛显然毫无意义，到家之前她得想出别的处置方法。

用闺蜜雪莉的话来说，米兰达曾是个“狐狸”般迷人的女人。若换作别人总是“曾经”“曾经”地强调，米兰达一定会翻脸。不过，正如雪莉所说，二十年前的她可没少让追求者受罪。在雪莉这么说时，米兰达的女儿安德里娅总是忍俊不禁，似乎想象她母亲身上的迷人之处，就已经让人笑掉大牙了。不过雪莉总是不厌其烦地强调，因为她觉得杰夫不懂得珍惜——身在福中不知福。

雪莉加入米兰达的晚间散步时，总数落杰夫的不是，拿他和自己的丈夫理查德做比较：理查德舍不得她出门，理查德每周五都会安排一次“二人世界”，理查德会在她的枕头上留下浓情满满的字条……米兰达想：那是因为你们没有孩子，你挣得比他多，而且理查德的发型也让人一言难尽。但她从没大声说出来过。

过去一年半来，米兰达开始觉得雪莉说的话有些道理。平心而论，杰夫的确令她生厌了：他睡觉打呼；就算厨房垃圾箱已经满出来了，他也要被提醒后才记得去倒；送奶工没来时，他会向她抱怨，才不管她工作是不是也很辛苦；周六夜里，他的手例行公事般在她身上游走一番，跟他例行洗车差不多——恐怕还少了点洗车时发自内心的真挚爱意。

米兰达心里清楚，拥有一段长达二十一年的婚姻何其幸运。她也相信，散步和清新的空气，能解决生活中的大部分问题。所以过去的九个月来，她每天要走上四公里。

回到家后，米兰达在厨房里为自己泡了杯茶。受良心的驱使，她纠结了一下，但还是忍不住打开了那条短信：

宝贝你在哪里？已经两天了！！！

某种程度上，那糟糕的标点和拼写错误被字里行间的绝望和无助抵消了。她犹豫着要不要打给强尼，向他解释捡到手机的来龙去脉。不过短信里透露出的亲密，又让她觉得这么做太冒昧了。

她突然灵机一动：我可以在联系人列表里找找看，说不定能找到失主的联系方式。结果一无所获，因为列表里只有强尼一个人，这可真奇怪。

可她不想打电话给这个人，她被这种从未有过的情绪搞得心烦意乱，好像被人无意间闯入静谧的小天地一样。她决定把它交到警察局去，就在这时，她发现了一个“日记”图标，里面“明天的行程”一栏里写着两条内容：“打给旅行代理”，以及“做头发，阿利斯泰尔·德文夏尔，下午2点”。

有了名字，就不难查到理发师了。这名字看起来挺眼熟，她在黄页里找到了它，然后想起自己从那家理发店门口经过了无数次。那是一家比较低调的奢华会所，远离大街。她可以向前台打听一下，预约了下午2点的顾客是不是丢了手机？

之后发生了两件事，让米兰达险些改变主意。

第一件事：她搭乘公交车时，无聊地翻看起那部手机里储存的照片，发现照片上全是一个笑容暖心的黑发男子，他眉眼轻抬，动人心魄，他就是强尼吧。

第二件事：为了瞧瞧有没有更多线索，米兰达查看了其他短信，几乎都是他发来的。

抱歉昨晚没能打给你，W气坏了，疑神疑鬼的。
我脑子里全是你。

眼前是你穿裙子的样子，我的小妖精。
还有裙子从你身上脱下来的样子。

你周四出得来吗？我跟W说有个会。
我正想着嘴唇落在你皮肤上的样子。

还有不少这样的短信，让米兰达这样一个久经沙场的中年妇女也不禁脸红心跳，她赶紧把手机塞进包里。

米兰达来到理发店前台，耳朵里灌满无数电吹风发出的嗡嗡声。她有些后悔来这里，不过有个女人朝她走了过来。

“有预约吗？”女人问。她有一头亮紫色的头发，发丝以不可思议的方式扭在一起，眼神里却写着，她对米兰达的回答完全没兴趣。

“没有。”米兰达说，“呃……你们2点有客人预约吗？”

“你走运了，那位客人取消了。凯文可以帮你打理头发。”她走开了，“我去给你拿件罩袍。”

米兰达被安排在座位上等待，她瞧了瞧镜子里的自己：一个脸上写着些许惊讶的中年妇女，双下巴悄悄爬上下颚，还有一头下了公交车就没打理过的乱发。

“你好。”

米兰达看到一个年轻人出现在身后。

“想怎么弄？只是修剪一下？”

“嗯，是的。其实这里有点误会，我只是来……”

这时她的电话响了。米兰达连声道歉，伸手从包里拿出手机，点开短信时，才发现这不是自己的手机。

想想上次，你让我血脉偾张。

“好了吗？亲爱的，我得老实说，现在的发型不是很适合你。”理发师捻起一缕头发。

“是吗？”米兰达盯着那条短信——它是发给预约了这张椅子的人的。

你让我血脉偾张。

“想换个发型吗？试试让自己焕然一新，怎么样？”

米兰达犹豫了，她看了一眼镜子里的女人，回答道：“好。”

她还从未让杰夫“血脉偾张”过。他偶尔会称赞她看起来不错，不过这更像是他“应该”说的话，而不是发自内心“想要”说的话。要说谁能让杰夫“血脉偾张”，那非阿森纳队的中锋莫属了。他常常在电视机前兴奋得恨不得手舞足蹈。

“那么，我们大胆一点如何？”凯文举起梳子说道。

米兰达想到她的女儿，每当雪莉追忆她们的青春年华时，女儿都会听得哈欠连天；她又想到杰夫，每当她下班回家时，杰夫都在煲电视，连正眼也没瞧过她。“嗨，宝贝。”他总这么说，然后举起一只手打招呼。

一只手，就像招呼一条狗。

“要我说，”米兰达说，“原本预约了2点的那位客人想弄什么，我就弄什么。”

凯文挑了挑眉毛。“噢……明智之选。”他似乎对她另眼相看，“这下就有意思了。”

这晚，米兰达没去散步。她坐在厨房里重温了短信，心里涌上一丝罪恶感。正当她抬眼望向客厅时，来了一条新短信。看到发件人的名字，她内心一动，犹豫着点开了它。

我很担心你，太久没你的消息了。

除非！你不想再这样继续，我会接受的。

但是我要知道你好好的。爱你爱你爱你。

她盯着那条短信，感受到其中满满的关心，甚至还有一点幽默。然后她抬起头看着镜中的自己——她换了一头红色短发，凯文说这是他一周来最棒的造型。

也许是因为焕然一新，也许是因为她见不得任何人受苦——显然强尼正备受煎熬，又或许是酒精作祟——总之，她颤抖着输入了回复。

我没事，只是现在不方便聊。

接着又加上：

爱你。

她按下发送键，然后坐在那儿，心跳快到无法呼吸，直到收到一条回复。

谢天谢地。速来见我，小妖精。

没有你的日子我很忧郁。

太肉麻了，但还是把她逗笑了。

那一晚之后，米兰达对短信回复越发轻车熟路。强尼每天给她发很多短信，她都会一一回复，连上班时都满脑子想着怎么回复他，也思考着若是她突如其来的脸红心跳和心猿意马被同事们发现，该怎么回应。她无须辩解，只要微微一笑。为什么要去辩解呢？强尼的下一条短信很快就会来，来宣告他的满腔激情和热切思念，她根本无心考虑别的。

有一次，她故意在办公桌上留了点线索，好让克莱尔·特里维廉偷偷看到，然后把短信内容在吸烟室里八卦开来。正好让他们瞎猜去吧，她发现自己很喜欢偶尔让人大吃一惊，就让他们以为她是个风韵犹存的出墙红杏吧。米兰达眼睛闪着光芒，走起路来也妖娆了。她敢肯定，送快递的小伙子在她办公桌前逗留的时间比之前长了很多。

偶尔，也有“不能再这样”的念头爬上心头，但她很快把它埋葬了。这样对大家都好，不是吗？强尼很快乐，杰夫很快乐。

等到别的女人勾搭上强尼，这事就结束了。可她总幻想自己是手机的主人，试着不去想自己会多想念这样的日子。

就这样过了两周，米兰达意识到无法再拒绝强尼了。她原本告诉他手机出了问题，预订了一部新的，收到之前只能通过短信联系。可是强尼的短信越来越强硬：

周四见不行吗？
不然下周前都没机会了。
英国绅士酒吧，午餐时出来喝一杯，求你了！
你到底想对我怎么样？

不仅如此，他开始侵入她的生活。看着米兰达身上的种种变化，雪莉很吃惊。难道是杰夫终于做对什么事，才让米兰达改变了吗？她觉得不太可能。

强尼的短信带来了一种亲近感，这一点米兰达从未在其他男人身上感受过。他们二人拥有同频的幽默感，能用最简单的方式表达最复杂和赤裸的情绪。虽然无法彻底坦诚相待，米兰达还是与他分享了自己隐秘的梦想——去南美洲旅行。

我会带你去那儿。想念你的声音，小妖精。

他这么告诉她。

米兰达回复道：

我梦里都是你的声音。

她为自己的大胆羞红了脸。

终于，她发了一条举足轻重的短信：

英国绅士酒馆，周四，晚上8点。

她自己都不确定这么做的原因是什么。也许过去的米兰达明白不能再这样下去了，这只是一时鬼迷心窍。但隐藏在内心深处的另一个米兰达，却幻想着强尼是属于她的。

她或许不是手机的正主，但强尼也不得不承认，他们之间有了某种联结。十三天以来，他被这个和他鸿雁往来的女人打动了。她让他快乐，也懂他的心思。他至少该承认这一点。而他的短信则让她焕然新生，让她感到自己又活过来了。

周四晚上，她梳妆打扮起来，仿佛正在准备第一次约会的少女。

“你要去哪儿？”在看电视的间隙，杰夫抬起头来问道。尽管她穿着长外套，他仍有些吃惊：“你看起来不错。”他从沙发上一骨碌爬起来，“我是说，我喜欢你的新发型。”

“噢，”她脸颊微红，“我和雪莉出去喝一杯。”

穿上那条蓝裙子。

强尼曾这样说。为此，她专门买了一条胸前深V的裙子。

“玩得开心点。”说完，杰夫又埋头看起了电视，只有拿起遥控器的时候，身体才动了一动。

米兰达的勇气在那间酒吧里烟消云散了。在去的路上，她就打了两回退堂鼓，不知道碰见熟人该怎么说。而且，那间酒吧不是那种讲究排场的地方，她的打扮有些夸张，所以她仍穿着长外套。

不过，半杯酒下肚，她就改变主意，脱下了外套。强尼的情人才不会因为穿着这样的裙子独自在酒吧喝酒而难为情呢。

不一会儿，有人上前来请她喝一杯。她有些吃惊，不过很快她便反应过来那个男人并不是强尼，于是婉拒了。

“我在等人。”她说，甚至有些享受男人离开时脸上遗憾的表情。

强尼已经迟到十五分钟了。米兰达拿出手机，打算给他发个短信，这时冷不丁一抬头，发现面前站着一个女人。

“你好，小妖精。”女人说。

米兰达朝女人疑惑地眨眨眼。那是个年轻的金发女人，穿着一件羊毛大衣，她看起来神色疲惫，双眼却炯炯有神。

“对不起？”她说。

“就是你吧，小妖精？我的天，我本以为你要年轻一点。”女人的声音里带着不屑，米兰达放下手机。

“噢，对不起。我应该自报家门，我是温蒂，温蒂·克里斯提娜，强尼的太太。”

米兰达心下一惊。

“你知道他也有这么一部手机吧？”女人拿出一部一模一样的手机，“他露出的马脚太多了。不，”她突然声色俱厉地说，“当然，你并没意识到过去两天和你发短信的不是他。我拿走了他的手机，是我，和你发短信的是我。”

“天啊，”米兰达说，“其实，这是个……”

“误会？可不是吗？这个女人和我的丈夫睡过！”她颤抖着朝所有人大喊，“现在，她觉得这可能是个误会！”

女人朝着桌面俯下身子："小妖精，不管你怎么称呼自己吧，这其实是我的误会。我误以为嫁给一个男人，和他生儿育女，他就不会拈花惹草了。"

米兰达觉得整个酒吧鸦雀无声，众人的目光盯得她脸颊发烫。温蒂幸灾乐祸地看着她："你这可怜的傻子，以为自己是第一个吗？听着，小妖精，你其实排第四，那还只是我知道的数。"

米兰达的视线突然一片模糊。她想等酒吧恢复常态，四周几近无情的沉默却始终没有打破。她脸颊滚烫，那些饱含指责的目光让她无法抬起头来。终于，她抓起大衣和包，绕过那个女人，夺门而出。

门从身后关上时，手机铃声还在脑海里嗡嗡作响。

"宝贝，你回来了？"杰夫听到她经过客厅的走廊，举起手打招呼。米兰达突然很庆幸电视对丈夫的吸引力。她的双手仍在发抖，耳朵里还回荡着那位愤怒妻子的指控。

"你今天回来得真早。"

她做了个深呼吸，看见沙发上露出杰夫的后脑勺。

"我觉得，"她一字一顿地说，"我不是真的想出门。"

他扭头看了她一眼："理查德会很高兴的，他不喜欢雪莉出门吧？总怕雪莉被人拐跑了。"

米兰达呆立在原地："你呢？"

"我什么？"

"你不怕我被人拐跑了？"她忐忑不安起来，不管杰夫的答案是什么，对她都有着巨大的影响力。

他转过头，看着她笑了："当然了，你曾经也是只狐狸，记得吗？”

“曾经？”

“过来，”他说，“给我个拥抱，这是乌拉圭队和喀麦隆队的最后五分钟了。”他伸出一只手。

她犹豫片刻，握住了他的手，然后说：“等一下，我先忙点事儿。”

她在厨房里拿出那部手机，开始打字，这一次她的手不再颤抖了。

亲爱的强尼，手指上的戒指，值得两个人为之努力。

总有一天你会明白这个道理。

接着她输入落款：

小狐狸

她点击发送，然后关机，把它塞进厨房的垃圾桶里。她叹着气踢掉了脚上的鞋，然后把泡好的两杯茶端到客厅里。乌拉圭队正准备踢点球，这把杰夫高兴坏了，他一定会欣喜若狂地跳到地毯上去。

米兰达坐下来看起了电视，还朝丈夫投去一个微笑。她试着无视内心深处那阵遥远又绵绵不绝的手机铃声。

The Christmas List

圣诞清单

粉色豹纹蝶。

只有大卫的母亲才会对这款谁都没听说过的香水势在必得。克莉西已经逛完整个伦敦西区，每家店铺都告诉她：“没那个货，您可以去别家问问。”

在挤挤挨挨的人群里，克莉西被推搡着前行，她越发觉得戴安娜是故意为之的，这样就能在圣诞节叹着气说：“大卫说你给我的礼物是香水。这款的话……只能说还行吧。”

克莉西不会让她得逞。她拖着疲惫的脚步走过牛津街，躲过提着大包小包的烦人购物者，鞋子都快磨破了还在店铺里穿梭，耳朵里循环着《铃儿响叮当》的歌声。她想，连平安夜前一晚都没法尽情采购，恐怕以后再也忘不了这个经历了。

在塞尔福里奇百货公司里，店员耸了耸肩，满脸茫然，克莉西都快哭了。她走出百货大楼，外面下起了雨。她感到肩上的购物袋像担子一样沉，于是做了件从未做过的事——走进一间霓虹闪烁的酒吧，要了一大杯酒。

克莉西把酒一饮而尽。离开时，她一反常态地留下一笔不错的小费，还装作是常常这么消费的女人。

“好吧，”她离开酒吧，“再试最后一次。”

接着，她看到湿漉漉的伦敦街头难得一见的景象：一辆空的出租车。

她三步并作两步，走下了人行道，那车朝她开了过来。

“嗯……利宝百货，大概吧。”

她把购物袋往后座上一扔，满怀感激地陷进座位里。她从没这么踏踏实实地坐在伦敦出租车的后座上，感觉好像得救一样。

“大概？”

“我在找一种香水，送给我婆婆。利宝百货是我最后的希望。”

她从后视镜里看到司机眼角的一丝笑意，还有留着寸头的后脑勺。

“你老公不帮忙？”

“他不爱购物。”

司机扬起眉毛，似乎有很多话想说。

这时，她手机里来了条短信：

你帮我的纽约之行换好美元了吗？

银行说没护照不能兑换，所以她绕了一大圈回家拿了护照，这就是她现在还没回家的原因。

换了。

她回复道，等了一会儿，没有任何回复。

“你会逛街买礼物吗？”她问司机。

“会，我还挺喜欢。告诉你吧，今年我女儿回来和我们住了，因为她刚生完孩子，所以……在开支上要谨慎一些。”

“她一个人带孩子？”酒意让她变得多嘴，这也是大卫不喜欢她喝酒的原因之一。

“是啊。她处了个对象，比她大，男的说不要孩子。但我女儿还是怀孕了，他就真的撒手不管了。没办法，虽然我们手头紧，不过……”她能听到他声音里的笑意，“孩子挺可爱的。”

“我不想要孩子，”大卫一开始就这么告诉过她，“我永远不会要孩子。”她以前从没把这句话放在心上，一厢情愿地觉得，大卫很容易改变想法。

“你女儿真走运，有你支持她。”

“你呢？”

“没有，”她说，“一个也没有。”

出租车在拥挤的街道上耐心地排着队，地上湿漉漉的。路边一家商店里正播着《铃儿响叮当》，声音震耳欲聋。

司机抬头看了一眼街景。

“你期待过圣诞吗？”

“还真不期待。我婆婆不太喜欢我，她要在我家住上整整十天。总爱发牢骚的小叔子也在，他一开口就会说个没完。我只有在厨房里才能享受到片刻的清静。”

“听起来你的日子很辛苦啊。”

“对不起，我有点扫兴了。其实我刚才喝了一大杯葡萄酒，酒后吐真言。”

“你平时都不说真话吗？”

“不说，这样更安全些。”她想用大笑来掩饰脱口而出的话，却没由来地陷入一阵短暂而痛苦的沉默。

她暗骂自己：管好你的嘴吧。

“对了，”他说，“我太太有个朋友在利宝百货上班，我可以打电话帮你问问。你要找的香水叫什么？”

她忍不住偷听他的电话：他的声音低沉而温柔，挂断前，他还和老婆逗趣了几句。她和大卫却没有共同的笑点，想到这一点，她更伤心了。

“别去利宝百货了，考文特花园后面的小香水店里有，我太太说的。要载你去那里吗？”

她倾身向前应道：“太好了，就去那里吧！”

“我太太说那款香水很好，而且挺贵的。”司机狡黠地咧嘴一笑。

“没错，听起来像我婆婆喜欢的东西。”

“这下你可办了件称她心意的事了，对吧？坐稳……我要掉头了！”

他在路上来了个急转弯，克莉西被甩到座位的另一头，她笑起来。司机也笑了：“我喜欢这么开车，总有一天会被逮到的。”

“你喜欢干这行吗？”她坐直了身子。

“喜欢啊。我的乘客都挺好的……这么说吧，我可不是见人就拉，只拉看起来不错的乘客。”

“我看起来‘不错’？”克莉西还在笑着。

“你看起来很焦虑，我可不喜欢看到愁容满面的女人。”

她突然反应过来他指的是什么。最近几年，这样的神情似乎在她脸上慢慢生根了：皱着的额头，紧绷的嘴角。“我是从什么时候开始变成这样的？”她自问，“自从我的上司离开，那个刻薄的继任者上台之后？还是从老公每夜坐在笔记本前，跟我不认识的人聊天之后？或是从我不再从商店橱窗里欣赏自己之后？”

“我说得有点过了。”

“没有……我只是希望自己不像你说的那样……愁容满面。我以前不是这样的。”

“也许你该去度个假。”

“这阵子出门旅行的话得带上我婆婆，那样就算不上度假了。其实，我老公经常去一些不错的地方出差。”

司机抬手，朝另一个出租车司机打了个招呼。

“那你想去哪儿呢？如果随便你挑的话。”

她想了想：“我闺蜜莫伊娜住在巴塞罗那，在市中心经营一家餐馆。她是个超级棒的厨师，我想我会挑那儿。我好几年没见她了，我们也发邮件，但毕竟不一样……抱歉，手机响了。”她伸手从包里摸出手机，看着亮起的屏幕：

别忘了在那家奶酪店给老妈带蓝纹奶酪。

克莉西心下一沉，她把这茬完全给忘了。

“还好吗？”司机等了一会儿，问道。

“我忘了买奶酪……我原本该去马里奥伯恩的一家商店买这种奶酪的。”她的语气里带着说不出的绝望。

“那么大老远，就为了去买奶酪？”

“我婆婆只喜欢那种特制的蓝纹奶酪。”

“她还真是个难缠的主啊！”他说，“要我掉头吗？开始堵车了。”

克莉西叹了口气，拾掇起身边的购物袋来：“不用了，我还是搭地铁吧，打车钱已经超支了，就在前面靠边停可以吗？”

他的目光与她相对：“得了，我就不打表了。”然后他抬起了计价器。

“别这样！”

“已经这样啦。我每年只做一次，年年如此，你是今年的幸运儿。这么着吧，咱们先去买香水，然后开回那家奶酪店，我会把你送到地铁站的。就当是给你的圣诞小礼物……唉，别这样……我不正努力让你开心嘛。”

奇怪的事发生了，她竟止不住流下了眼泪。

“对不起，”她边说边擦拭脸上的泪，“我不知道这是怎么了。”

他暖暖地回以微笑，这让她更想哭了。

“我们先搞定香水，那会让你心情好些的。”

他说得对，开始堵车了。他们在长长的车队里，不时地在车流里强行穿插。整个伦敦变得灰蒙蒙、湿漉漉的，让人抑郁。她置身于舒适的车厢里，感到自己很幸运——逃过了外面糟糕的世界。司机谈起他的妻子，谈起他多么喜欢在黎明时分起床照顾孩子——这样他女儿就可以睡上一觉。整个世界只有他和那个躺在臂弯中仰起脸望着他的小家伙。当他说完这些话时，克莉西差点忘了他们为何要在这里停车了。

“我在这里等着，你可以把包放车上。”他说。

香水店十分奢华。

“粉色豹纹蝶。”克莉西边说边四下打量起来，就像在辨识丈夫的手写字体一样。这香味用在她那位阴沉又愚蠢的婆婆身上，实在太雅致了些。

“很抱歉，五十毫升装的卖完了。”店员伸手绕到她身后，“我们只剩下一百毫升的了，而且是浓香型，不是淡香，可以吗？”

这是她预算的两倍，但要是不买……戴安娜的脸出现在她的脑海里，她一定会尖叫起来，嘴角都垂到下巴上：“哎呀！你买的是廉价货！也就只能平日里凑合用用……”

“没事。”克莉西说，她打算一月再去操心还款的事。

店员用六层粉色薄纸为她包好了香水。

“搞定了！”克莉西吃力地钻进出租车，“买到了该死的香水。”

“不错啊！”听他的语气，好像她完成了一件了不得的大事，“好啦，接下来去马里奥伯恩。”

他们一路闲谈，克莉西觉得跟他聊天很投机。她告诉他护照和换美元的事，他听后摇了摇头；她告诉他自己曾无比热爱过一份工作，直到新来的上司看她处处不顺眼。但她没怎么聊起大卫，觉得那是私事，其实她很想聊聊这个。她想对人诉说自己有多么孤独，想对人诉说自己错失了光阴的感想：那些加班的夜晚，那些出差的日子；想对人诉说自己有多傻，多累，多沧桑。

聊着聊着，就到了奶酪店。透过落地玻璃窗，能看到里面正大排长龙，但司机似乎并不介意。当克莉西终于捧着一大块又沉又臭的蓝纹奶酪回来时，他欢呼了起来。

“你搞定啦！”他兴高采烈地说，在他的感染下，她也不禁心情大好。

突然，她的手机响了：

我专程叮嘱你去买怀特玫瑰超市的圣诞布丁，你却买了马莎百货的布丁。你在外面搞了半天还没回来，我只有自己跑一趟怀特玫瑰超市，结果他们已经卖光了。这下你说怎么办吧。

这给了她当头一棒。一瞬间，她仿佛看到四人围坐在桌前，因为她买错了圣诞布丁和礼物，大卫向他母亲和弟弟道歉的话语传入了她耳中。

"我受不了了。"她说。

"受不了什么？"

"圣诞节。我没法和他们一起，守着奶酪还有买错的圣诞布丁……一起过圣诞。我……我真的受不了了。"

他将车靠边停下，她盯着购物袋发愣。

"我这是在做什么？你说你一无所有，可你有一个其乐融融的家庭。我却只有一块蓝奶酪和三个根本不在乎我的人。"

他转过头，看起来比她想象的年轻些："你为什么要这么顺从呢？"

"我结婚了。"

"要我说，婚姻只是你情我愿，没人绑着你。干吗不去你朋友家过圣诞？她会很高兴见到你吧？"

"她会高兴的，就连她丈夫也会的。他们总是邀请我去，他们……他们……很热情。"

他挑了挑眉毛，眼睛笑得眯成一条缝。

"我不能……一走了之。"

“你包里有护照，你说过的。”

她的胸中升腾起某种东西，仿佛在热布丁上熊熊燃烧的白兰地火焰。

“我可以把你载到国王十字站，你坐皮卡迪利线去希思罗机场搭飞机。说真的，人生苦短，何必为难自己。”

她思忖在戴安娜的处处非难下，来场圣诞大逃亡的可能性；脑海中还浮现出她丈夫磐石一样无情的后背，和酒气冲天的呼噜声。

“他一定不会原谅我的，我们的婚姻会走到尽头。”

司机笑了起来：“那不是他活该吗？”

他们四目相对。

“来吧！”她突然说道。

“坐稳啦！”随着轮胎与地面刺耳的摩擦声，他来了今天第二个急转弯。串街走巷的一路上，她的心怦怦跳个不停，欢乐的气泡不断从胸中升腾。莫伊娜的回复快速而明确：是的！来吧！

克莉西想象上司掐表等待，却没有等到她在节后现身的样子；想象戴安娜惊恐到不敢相信的样子；想象巴塞罗那和莫伊娜大大的拥抱；想象她和她老公充满惊喜的笑声；想象与朋友们围坐一堂，欢度圣诞的样子。

国王十字站到了。司机一个急刹，停靠在路边。

“你真要这么做？”

“我真要这么做。谢谢你，你叫……”

“雷。”他从驾驶室那头伸出手，和她握了握。

“我叫克莉西。”她提起后座上的一堆购物袋，“这些……”她抬起头，“拿着，把香水送给你太太，还有那些礼券，给你女儿。”

“你不用这么做……”

“收下吧，这样能让我开心一点。”

他犹豫着，最终还是收下了：“谢谢，我太太也会很高兴的。”

“那块蓝纹奶酪您应该也不想要吧？”

他做了个鬼脸：“我可受不了那味道。”

“我也是。”

他们开怀大笑起来。

“我觉得……这有点疯狂。”

“我想这就是所谓的‘圣诞精神’吧，”他说，“反正我一向是这么干的。”

她朝着广场跑去，轻盈得如同回到少女时代。然后她停下，郑重其事地把奶酪扔进垃圾桶，再抬起头来时，恰巧望见雷在跟她挥手告别。

当她一路跑过拥挤的人群，奔向售票柜台时，当他驾车穿越拥堵的圣诞街道时，笑容还挂在他们的嘴角。

[全书完]

乔乔·莫伊斯

Jojo Moyes

英国作家，出生于1969年

代表作：

《遇见你之前》《一加一》

《一个人的巴黎》《你转身之后》

想知道欧洲值得打卡的景点有哪些吗？

跟着果麦麦一起寻找那些浪漫的角落吧。

一个人的巴黎

产品经理｜顾琪静　　装帧设计｜何月婷

技术编辑｜白咏明　　监　　制｜何　娜

营销推广｜韩笑言　　策 划 人｜吴　涛

PARIS FOR ONE AND OTHER STORIES
by JOJO MOYES

This edition arranged with CURTIS BROWN - U.K.
through Big Apple Agency, Inc., Labuan, Malaysia.

版权合同登记号：图字：11-2018-491

图书在版编目（CIP）数据

一个人的巴黎 /（英）乔乔·莫伊斯著；程婧波译
. -- 杭州：浙江文艺出版社，2019.2（2019.2 重印）
ISBN 978-7-5339-5574-8

Ⅰ. ①一… Ⅱ. ①乔… ②程… Ⅲ. ①中篇小说－小说集－英国－现代 ②短篇小说－小说集－英国－现代
Ⅳ. ① I561.45

中国版本图书馆 CIP 数据核字 (2019) 第 016539 号

一个人的巴黎
[英]乔乔·莫伊斯 著 程婧波 译

责任编辑 金荣良
装帧设计 何月婷

出版发行 浙江文艺出版社
地 址 杭州市体育场路347号 邮编 310006
网 址 www.zjwycbs.cn
经 销 浙江省新华书店集团有限公司
果麦文化传媒股份有限公司
印 刷 河北鹏润印刷有限公司
开 本 880毫米×1230毫米 1/32
字 数 151千字
印 张 6.75
印 数 30,001–36,000
版 次 2019年2月第1版 2019年2月第2次印刷
书 号 ISBN 978-7-5339-5574-8
定 价 45.00元